아무에게도 말하지 마!

Kein Wort zu niemandem

갈매나무
청소년 문학
— 02 —

아무에게도 말하지 마!

Kein Wort zu niemandem

야나 프라이 지음 · 장혜경 옮김

갈매나무

Contents

나의 늙은 개

　그것이 시작이었다. 찰리, 나의 늙은 개. 7월이었다. 방학이었고 우리는 이사를 했다. 나와 엄마, 엄마의 애인 콘라트 아저씨까지. 며칠 동안 비가 내렸다. 아니, 며칠 정도가 아니었다. 몇 주에 걸쳐 주룩주룩 비가 내렸다. 살면서 그렇게 비가 많이 내린 여름은 처음이었다. 비가 안 내린 날이 기억나지 않을 정도였으니까.

　엄마와 나는 오랫동안 둘이서 살았다. 엄마와 나, 단둘이서만. 아빠는 내가 어릴 적에 돌아가셨다. 화재 사고였다. 바비큐용 그릴에서 갑자기 솟구친 불길이 아빠를 덮쳤고, 아빠는 일주일 후 병원에서 숨을 거두었다. 어떻게 그런 일이 일어날 수 있었을까? 그 이야기는 귀에 못이 박히도록 들었다. 천 번도 더 들었다. 당시 카타리나 이모는 열네 살이었고 나는 아기였다. 꽃이 활짝 핀 사과나무 아래 유모차에 누운 채 나는 그 무서운 일을 아주 가까이서 목격했다고 한다.

　카타리나 이모는 고기를 굽는 아빠 바로 옆에 서 있었다. 불꽃이

7

타닥거리며 꺼지려고 해서 아빠는 조심조심 부채질을 하고 있었다. 그런데 술이 들어 있어 평소 손대지 못하던 펀치를 그날따라 카타리나 이모가 몰래 홀짝홀짝 마셔 댔다. 이모는 그렇게 자기도 모르게 취했던지 갑자기 옆에 있던 알코올 병을 집어 작은 불꽃에다 확 던져 버렸다. 불길이 아빠에게 솟구치는 광경을 목격한 엄마는 그 자리에서 기절해 버렸고 놀란 외할아버지가 집 안으로 달려 들어가 119에 전화했다. 나머지 사람들은 정신이 나간 것처럼 뭐든 손에 집히는 대로 잡고 불꽃을 향해 휘둘렀다. 연기에 휩싸인 나는 벌에 쏘인 것처럼 악을 쓰며 울어 댔고…….

그랬다. 사람들은 늘 그 이야기를 들려주었다. 아직 어린 내가 아빠는 어디 갔느냐고 찾을 때마다 모두들 그렇게 말했다. 물론 처음부터 솔직하게 다 이야기해 준 것은 아니다. 내가 워낙 꼬치꼬치 캐물으니까 하는 수 없이 조금씩 털어놓은 것이다. 다 듣지 않아도 나는 이미 아빠의 죽음이 끔찍했다는 것을 짐작하고 있었다. 애들은 절대 어른들 생각처럼 그렇게 순진하지 않으니까.

나는 엄마와 외할머니, 외할아버지, 그리고 파리에 사는 카타리나 이모가 머뭇거리며 들려주었던 이야기 조각들을 짜깁기하면서 성장했다. 그래서인지 불 꿈을 자주 꾸었다. 큰 불이 난 꿈, 산불이 난 꿈, 사람 몸에 불이 붙은 꿈……. 아빠의 죽음에 대해 알게 된 날부터, 그 장면을 상상할 수 있게 된 날부터 도저히 그런 꿈을 떨쳐 버릴 수가 없었다.

나는 당연히 아빠에게 연민을 느꼈다. 그렇게 젊은 나이에 그렇게 끔찍하게 세상을 떠난 아빠. 하지만 가끔씩 엄청난 분노를 느낄 때도 있었다. 그토록 허무하게 내 인생에서 사라져 버리다니, 이제 두 번 다시 아빠를 볼 수 없다니. 나의 분노가 쓸데없고 한심하다는 것도 잘 알지만 그냥 그런 감정이 드는 것은 어쩔 수 없었다. 인간은 자기감정에 무력한 법이니까. 외할머니와 외할아버지의 손가락과 손바닥엔 불에 탄 흉터가 있다. 아빠를 구하려다 얻은 상처이다.

엄마는 몇 년 동안 이모와 남처럼 지냈다. 이모에게 한마디도 하지 않았다. 분노와 절망 때문이었다. 이모 역시 그 일이 있고 난 후 몇 주 동안 방에서 나오지도 않았다. 자기가 저지른 짓에 너무 놀라 입도 벙긋하지 못했다. 그냥 방에 죽치고 앉아 쉬지 않고 모차르트의 진혼곡만 들으며 울고 또 울었다. 듣다 못한 외할아버지가 한밤중에 몰래 이모 방에 들어가 그 레코드판을 훔쳐 쓰레기통에 던져 버릴 때까지.

그렇지만 언젠가부터 모두들 서서히 일상으로 돌아갔다. 인생은 계속되는 법. 굼뜨지만 그렇게 모두 예전으로 돌아갔다. 카타리나 이모는 심리 치료를 받았고 프랑스로 가서 음악을 공부했다. 지금은 값비싼 그랜드 피아노가 있는 프랑스의 화사한 작은 집에서 프랑스인 남편과 살고 있다. 나는 이모가 너무 좋다. 방학 때 몇 번 이모 집에 놀러 가기도 했다. 엄마는 한 번도 같이 간 적이 없다. 엄마는 여전히 이모를 없는 사람 취급했다.

아빠가 없었어도 나는 행복했다. 우리는 외할아버지, 외할머니 댁에서 살았다. 1층엔 외할머니와 외할아버지가, 1층보다 작은 2층엔 엄마와 내가 살았다. 엄마는 간호사이고 두세 번 남자친구를 사귀었지만 진지한 사이로 발전한 적은 없었다. 작년까지만 해도 그랬다. 그러다 엄마는 작년부터 같은 병원에서 일하는 의사 콘라트 아저씨를 만났다. 그때만 해도, 그러니까 작년 여름에만 해도 아직 찰리가 내 곁에 있었다. 나는 8학년(우리나라 중학교 2학년 – 역주)이었고, 나와 레안더는 둘도 없는 친구였다. 그때만 해도 세상은 아무 문제없이 잘 돌아가고 있었다.

작년 여름 레안더와 나는 둘 다 첫사랑에 빠졌다. 엄마가 콘라트 아저씨와 사귀기 시작한 바로 그 주였다. 그 여름 레안더와 나는 같이 수영장에 다녔다. 내가 동성애자가 아닐까 무척 걱정하던 무렵이었다. 레안더가 너무 좋아서 레안더 없이는 살 수가 없을 것 같았기 때문이었다.

레안더와 같이 있으면 너무 좋았다. 우리 둘이서 안 해 본 짓이 없었다. 여장을 하고 얼굴에 화장품을 덕지덕지 바른 후 엄마의 하이힐을 신고 온 집 안을 뛰어다닌 적도 있었다. 모험 소설에서 읽은 대로 횃불을 켜 놓고 칼로 아래팔을 살짝 긁은 후 의형제를 맺겠다고 무슨 의식을 치르기도 했다. 어느 어둡고 추운 겨울밤에 오줌으

로 눈밭에다 각자의 이름을 쓰기도 했고, 밤에 손전등을 들고 서로
의 그 부위를 자로 재서 누가 더 큰지 비교하기도 했다. 우리는 몇
년 동안 한시도 떨어진 적이 없는 친구 사이였다. 물론 앞서 말했듯
내가 레안더를 너무 좋아해서 살짝 걱정이 되기는 했지만 말이다.
하지만 작년 여름 어느 날 오후, 수영장에서 그런 걱정은 순식간에
사라졌다. 그날 내가, 아니 우리가 카를로타를 만났기 때문이다.

"레안더, 세상이 노랗게 보여!"

나는 레안더의 귀에 이렇게 속삭이면서 그의 팔을 꼬집었다. 어
찌나 세게 꼬집었는지 그가 짜증을 냈다.

"왜 그래? 미쳤냐?"

레안더가 벌컥 화를 내며 자기 팔을 비볐다. 나는 귀에서 이어폰
을 빼고 화해를 청하듯 레안더의 옆구리를 툭 치면서 슬쩍 물 쪽을
가리켰다. 어린이용 수영장 바로 옆에 빨간 머리 소녀가 분홍색 비
키니 수영복에 얇은 오렌지색 티셔츠를 걸치고 앉아 고개를 든 채
하늘을 올려다보고 있었다. 등까지 드리워진 부드러운 긴 머리카락
이 구겨진 숄처럼 주근깨투성이 어깨를 스치며 이리저리 날렸다.
작은 꼬마 둘이서 그녀의 발치에서 소리를 지르며 철퍼덕거렸고,
빨간 머리 소녀는 물속에서 시끄럽게 비명을 지르며 놀고 있는 그
아이들을 미소를 지으며 지켜보고 있었다. 나는 레안더를 쳐다보았
고 레안더도 나를 보았다.

"난 빨간 머리 여잔 싫어."

생각에 잠긴 듯 말이 없던 레안더가 마침내 입을 열었다. 나는 아무 말도 하지 않았다. 설명할 수 없는 감정 앞에서 뭐라 할 말이 없었기 때문이다. 갑자기 온몸이 찢어지는 듯한 통증을 느꼈고, 금방이라도 쓰러질 것처럼 머리가 어지러웠다.

지금 와서 생각해 보면 그날 그 수영장에서 모든 일이 시작되었던 것 같다. 훗날 그토록 끔찍해져 버린 그 모든 일들이……. 그해 여름은 연일 화창했고 내 마음엔 온갖 감정이 들끓었다. 물론 진짜 사건은 1년 후 여름, 찰리 일이 터지면서 시작되었다. 몇 주 내내 비만 내렸던 그 여름에 말이다. 내가 지금부터 들려주려는 이야기가 바로 그것이다. 그렇다. 모든 사건의 진짜 시작은 콘라트 아저씨가 내 삶에 끼어들었고 카를로타 때문에 레안더와의 우정에 금이 갔던 그해 여름이었다. 그러니까 나는, 사랑에 빠졌던 것이다. 그리고 빨간 머리 여자는 싫다던 레안더 역시 사랑에 빠져 버렸다.

"사무엘 베커, 결투로 승부를 가려야겠는걸."

버스 정류장에서 헤어지며 레안더는 웃었다. 나는 아무 말도 하지 않았다. 생각이 저 멀리 떠나 있었다. 아니, 사실은 아무 생각도 나지 않았다. 그냥 멍했다.

"그렇지만 먼저 그 아이가 누군지부터 알아내야지."

레안더가 실실 웃으며 말했다. 그가 탈 버스가 모퉁이를 돌아 달려오고 있었다.

"내일 봐, 새미……."

나는 고집스레 침묵을 지켰다. 여전히 마음이 어수선했기 때문이다. 그날 밤 나는 오랫동안 잠들지 못했다. 사랑이 무엇인지 알고 싶었다. 괜시리 마음이 조급했다. 나는 인터넷에 들어가 검색창에 '사랑'이라고 쳐 보았다. '어떤 사람이나 존재를 몹시 아끼고 귀중히 여기는 마음, 또는 그런 일'이라는 사전적 정의에서부터 사랑에 관한 책, 영화, 글귀 등이 주르륵 떴다. 이런 게 다 무슨 소용이람. 짜증이 났다. 힘겹게 기억을 짜내어 노트에 그 빨간 머리 소녀의 모습을 그려 보았다. 기억은 잘 안 났지만 그럭저럭 그림은 완성할 수 있었다.

그래도 마음이 진정되지 않고 불안했다. 결국 나는 목욕탕으로 들어가 샤워를 했고 한참 동안 발기한 내 몸을 자세히 관찰했다. 외할아버지 방에 있는 괘종시계가 열 번을 치자 나는 목욕 가운을 걸치고 엄마 방으로 건너갔다. 엄마에게 사랑이 무엇인지 묻고 싶었다. 아빠와 엄마의 사랑에 대해서도. 몸을 닦는 동안 문득 나의 부모님이 어떻게 만났고 어떻게 사랑했는지 한 번도 들어 본 적이 없다는 생각이 들었다. 그 무시무시한 화재 사고가 아름다웠던 추억까지 앗아가 버렸다는 사실에 갑자기 너무나 쓸쓸해졌다. 두 사람이 언제, 어디서, 어떻게 만났는지 알고 싶었다. 그래서 여전히 머릿속이 뒤죽박죽인 채로 엄마 방으로 갔다.

그랬는데…… 엄마는 혼자가 아니었다. 그날 콘라트 아저씨가 처음으로 엄마를 찾아왔던 것이다. 어째 처음부터 조짐이 안 좋았다.

"어, 누가 계셨네."

나는 당황해서 웅얼거렸다. 젖은 맨발로 다리에는 소름이 송송 돋은 채 목욕 가운을 걸치고 있는 내 모습이 어쩐지 한심하게 느껴졌다.

"새미, 아직 안 잤니?"

엄마는 약간 당황한 듯했다. 어쨌든 내가 보기엔 그랬다.

"난 또 조용하기에 자는 줄 알았지."

나는 입을 꾹 다물고 엄마 방에 앉아 있는 진지한 표정의 깡마른 남자를 쳐다보았다. 두 사람은 촛불을 켜 놓고 와인을 마시는 중이었다. 노란 촛불이 긴 그림자를 벽에 던졌고 그림자 속의 엄마 코는 피노키오처럼 길고 뾰족했다. 엄마와 낯선 남자, 그림자의 코를 번갈아 보고 있으려니 불쑥 화가 치밀었다. 엄마와 단둘이 있고 싶었다, 나는.

"콘라트 아저씨야."

엄마가 이렇게 말하며 나에게 어서 방에서 나가 주었으면 하는 눈길을 끈질기게 던졌다.

"아, 네."

나는 애원하는 듯한 엄마의 눈빛을 못 본 척했다.

"산부인과 의사셔. 엄마랑 같은 병동에서 근무하시고……."

"안녕, 새미."

콘라트 아저씨가 구구절절 이어지는 엄마의 말을 자르며 벌떡 일어나더니 미소를 지으며 내게 손을 내밀었다. 아마 그 순간 짐작했던 것 같다. 이 아저씨가 내 인생에서 아주 큰 역할을 하게 되리라는 것을. 나는 마지못해 잠깐 악수를 나누었다.

"가서 찰리 데리고 올라오렴."

엄마가 말했다.

"마당에 있을 거야. 아니면 외할머니 방에 있거나. 또 외할머니 밭을 파 놓았으면 나한테 엉덩이 맞을 거야."

나는 인상을 찌푸리며 엄마를 쳐다보았다.

"사실은 엄마하고…… 아빠 이야기가 하고 싶었어요."

엄마가 움찔했다. 평소에도 우리는 아빠 이야기를 많이 하는 편이 아니었다. 해 봤자 다 아는 그날 사고 이야기였고, 그것도 아빠 생일이나 기일 정도뿐이었다. 우린 해마다 기일이 되면 묘지에 가서 무덤에 꽃을 바쳤다. 그 묘지 전체를 통틀어 젊은 나이에 죽은 사람은 아빠 혼자였다. 내가 묘비의 날짜를 다 비교해 보았다. 아빠를 제외하고는 할머니, 할아버지들밖에 없었다. 겨우 스물여섯 해라는 짧은 생을 산 사람은 아빠뿐이었다. 그래서 나는 묘지에 별로 가고 싶지 않았다. 그곳에 가면 나도 노인이 된 것 같은 기분이 들었다. 묘지에 갈 때마다 엄마는 이렇게 말했다.

"너무너무 끔찍했어."

엄마의 눈동자에 다시 그 옛날의 공포가 실렸다.

"죽을 때까지 절대 카타리나를 용서하지 않을 거야. 내 인생을 엉망으로 만들었어. 어떻게 그런 짓을……."

그럴 때면 나는 피아노를 연주하는 유쾌한 카타리나 이모를 떠올렸다. 나는 엄마와 달랐다. 이미 수천 번도 더 이모를 용서했다, 진심으로.

"엄마하고 아빠 이야기를 하고 싶었어요."

나는 고집불통처럼 같은 말을 되풀이하면서 문틀에 기댔다.

"내일 하자, 새미. 내일 이야기해."

엄마는 애원했고, 나는 짜증스러운 표정으로 방에서 나왔다. 그리고 마당으로 내려가 찰리를 데리고 올라왔다. 역시나 찰리는 엄마 말대로 또 당근과 토마토 사이에 깊은 구덩이를 파 놓았지만 나는 찰리의 엉덩이를 때리지 않았다.

돌아오는 길에 잠시 외할머니 방으로 들어가 보았다. 외할아버지는 옛날 영화를 보고 계셨고 외할머니는 열심히 스웨터를 뜨고 계셨다. 분명히 내 스웨터일 것이다. 저런 스웨터는 이미 산더미처럼 쌓여 있었다. 그래도 나는 좋았다. 열네 살이면 외할머니가 직접 뜬 스웨터를 입고 다니기에 쑥스러운 나이다. 한마디로 쪽팔린다. 그래도 나는 뜨개질을 하는 외할머니를 보고 있으면 기분이 좋아졌다. 나는 한숨을 푹 쉬면서 외할머니 방 소파에 털썩 주저앉았고, 뜨개질을 하는 외할머니의 양손에 낙인처럼 찍힌 진주빛 화상 흉터를 한동안 멍하니 응시했다. 아빠의 생명을 구하려 버둥거렸을 손. 차츰차츰 마음이 가라앉았다.

다음 날, 그다음 날도 레안더와 나는 수영장에 갔다. 갈 때마다 심장이 두근거렸고 둘 다 말이 없었다, 평소와 달리. 하루는 그 빨간 머리 소녀가 없었고, 다음 날은 있었다. 그날은 내가 운이 좋았다. 레안더가 아직 물속에 있는 동안 나 혼자 풀밭에 앉아 흘러가는 구름을 바라보고 있었다. 그때 그녀가 저기서 걸어왔다. 아니, 정확하게 말하면 시끄러운 두 꼬마 녀석들이 먼저 달려왔다. 송아지 새끼처럼 펄떡대며 풀밭을 달리다가 그만 하나가 넘어졌다. 그것이 행운의 시작이었다. 꼬마가 넘어져 데굴데굴 구르다가 내 품으로 쏙 들어온 것이다.

"아이고, 깜짝이야."

나는 비명을 질렀다. 심장이 마구 방망이질을 했다. 나는 힐끗힐끗 빨간 머리 소녀를 쳐다보면서 꼬마를 일으켜 세웠다.

"고마워."

소녀가 말했다.

"뭘."

더 괜찮은 말이 떠오르지 않아서 나는 그렇게 대꾸했다.

"여기 앉을까?"

소녀가 꼬마들에게 물었다. 둘은 고개를 끄덕이더니 조막만 한 옷을 훌훌 벗어 던졌다. 소녀가 큰 돗자리를 펴서 자리를 만들었다. 아이들은 빨간 머리 소녀에게 같이 가자고 조르다가 이내 자기들끼리 소리를 지르며 근처의 어린이 풀장으로 달려갔다.

"금방 따라갈게."

소녀가 다정한 목소리로 말했다. 나는 가만히 앉아 앞만 쳐다보았다. 소녀가 입고 온 바지를 벗었다. 저번에 보았던 그 분홍색 비키니를 안에 입고 있었다. 소녀는 내가 보든 말든 신경도 안 쓰고 주근깨 많은 피부에 선크림을 바르더니 얇은 티셔츠를 걸쳐 입고 아이들을 따라갔다. 나는 레안더가 여전히 헤엄을 치고 있는 깊은 수영장 쪽을 슬쩍 쳐다본 후 머뭇머뭇 빨간 머리 소녀를 따라갔다.

"동생들이야?"

내가 먼저 그녀에게 물었다.

"응."

그녀가 대답하고는 돌고래 모양의 공에 입을 대고 바람을 불어넣었다.

"나이 차이가 많네."

내가 말했다. 그녀는 계속 불면서 고개를 끄덕였다.

"난 사무엘이야."

내가 말했다. 그녀가 바람이 찬 돌고래 공을 풀장에 띄웠다.

"아, 그래?"

소녀가 말했다.

"네 이름은?"

용감하게 물었지만 속으로는 너무 치근덕댄다는 인상을 줄까 봐 걱정스러웠다.

"카를로타야."

소녀가 다정하게 말했다.

"근데 그건 왜 물어?"

얼굴이 발개졌다.

"그냥."

나는 당황해서 중얼거렸다.

"아, 그래, 그냥."

카를로타가 말했다. 두 아이가 물에 젖은 로켓처럼 괴성을 지르며 그녀와 내 주위를 뛰어다녔다.

"나는…… 어제 여기서 널 봤어."

간신히 용기를 내어 쭈뼛쭈뼛 말을 꺼냈다.

"집에 가서 네 얼굴을 그렸어."

카를로타가 깜짝 놀란 표정으로 고개를 들었다.

"날 그려? 왜?"

"네가…… 네 머리카락이 너무 예뻐서."

나는 이렇게 대답하면서 레안더가 조금만 더 물속에 있기를 바랐다.

"빨강 머리야."

카를로타가 못을 박듯 단호한 목소리으로 말했다. 나는 고개를 끄덕였다.

"빨간 머리 좋아하는 사람 별로 없는데."

카를로타가 말했다.

"난 좋아해. 진짜 좋아해."

내가 얼른 대답했다.

"고맙구나."

"네 주근깨도 예뻐. 금색 물감을 뿌려 놓은 것 같아." ·

그 순간 카를로타가 풀장으로 미친 듯 달려갔다. 동생 중 하나가 울음을 터트린 것이다. 풀장 한가운데에 있는 작은 미끄럼틀에서 떨어져서 무릎이 긁히고 물을 많이 먹은 모양이다. 카를로타와 나는 풀장으로 들어가 두 아이와 물에 떠 있던 돌고래 공을 안아 올린 다음 풀밭에 깔아 놓은 돗자리로 데려갔다. 그리고 아이들을 다독거렸고 호– 불어 가며 상처에 반창고를 붙이고 아이스크림과 팝콘을 먹이고 노래를 불러 주었다. 갑자기 카를로타와 성큼 가까워진 것 같아 기분이 몽롱했다.

하필 그때 레안더가 나타났다. 그는 카를로타가 펴 놓은 돗자리 앞에 서서 통통한 꼬마를 하나씩 무릎에 앉히고 있는 우리 둘을 당황스럽다는 듯 바라보았다.

"무슨 일이야?"

레안더가 물었다.

"소꿉놀이라도 하고 있어? 엄마 아빠 놀이?"

그가 오는 것을 보지 못했던 터라 나는 흠칫 놀랐다.

"소꿉놀이는 무슨."

나는 웅얼거렸다. 난생처음으로 레안더가 반갑지 않았다. 카를로타를 쳐다보는 레안더의 눈길도 마음에 들지 않았다.

"네 친구야?"

카를로타가 물었다. 나는 마지못해 고개를 끄덕였다.

"레안더라고 해."

레안더가 미소를 지으며 자기소개를 하더니 묻지도 않고 돗자리에 주저앉았다.

"게임 해."

꼬마들이 칭얼거렸다.

"그래, 우리 수건돌리기 게임 하자."

카를로타가 말했다. 달콤한 팝콘과 요구르트를 먹으면서 우리는 게임을 했다. 나와 카를로타, 꼬마 둘이서 열심히 게임을 하는 동안 레안더는 가만히 앉아서 카를로타를 쳐다보았고 말도 그다지 하지 않았다. 레안더가 평소보다 멋져 보이지 않아서 나는 살짝 안도의 한숨을 쉬었다. 누나를 닮아 부드러운 빨간 곱슬머리인 막스가 카를로타의 품에서 뒹굴거렸다. 그러다 머리로 분홍색 비키니에 감춰진 그녀의 작은 가슴을 슬쩍 눌렀다. 레안더와 나의 시선이 부딪쳤다. 온몸에서 힘이 쭉 빠져나가는 것 같았다. 바지 아래만 가만히 있지를 못하고 꿈틀거렸다. 레안더의 수영복 바지를 보니 그 역시 마찬가지인 것 같았다.

"이 형은 좋아."

스반테가 말했다. 스반테는 여태 내 무릎에 앉아 있었는데, 갑자기 온화한 미소를 지으며 나를 가리키고는 그 짤막한 팔로 내 목을 끌어안았다.

"저기 저 형은 싫어."

막스가 따라서 이렇게 대꾸하고는 통통하고 짤막한 집게손가락으로 레안더를 가리켰다. 나도 같은 생각을 하고 있었다. 레안더에 대해, 내 친구에 대해. 하지만 레안더는 그저 하하 웃었고 숱 많은 검은 곱슬머리를 쓸어 넘기면서 카를로타를 바라보았다. 카를로타의 주근깨 많은 얼굴, 그녀의 작은 코와 좁은 어깨, 비키니로 감춘 봉긋한 가슴과 그녀의 품에서 피곤한 새끼 양처럼 뒹굴거리는 막스를 가만히 지켜보았다.

"우리 수영하러 갈까?"

마침내 레안더가 입을 열어 카를로타에게 물었다.

"수영 안 하고 싶어?"

카를로타는 꼬마들을 가리키며 어깨를 으쓱했다.

"하고야 싶지만 안 돼. 애들을 깊은 물에 데리고 들어갈 수는 없잖아."

레안더는 나를 쳐다보지 않았지만 나를 콕 집어 지목하면서 이렇게 말했다.

"새미, 너 애들 잘 데리고 놀잖아. 잠깐만 봐 주면 안 될까?"

나는 당황하여 레안더를 쳐다보았다. 레안더가 저런 제안을 하다니, 진심일까? 하지만 레안더는 내 시선을 피하며 딴 곳을 바라보았다. 그랬다. 그는 진심이었다. 자신이 얼마나 비열한지 잘 알았지만, 그의 말은 뼛속 깊이 진심이었다.

"할 수 있겠어?"

카를로타가 조심스레 물었다. 나는 카를로타를 쳐다보았다. 갑자기 내 모습이 너무 비참했다.

"그럼, 걱정 마. 네가 레안더하고 수영하고 싶다면……."

나는 웅얼거렸다.

"하고 싶어. 정말 하고 싶어."

내 말이 채 끝나기도 전에 카를로타가 알록달록한 수영 모자를 얼른 머리에 쓰면서 외쳤다. 레안더가 자리에서 일어나자 두 사람은 수영장으로 걸어갔다. 가다가 카를로타가 다시 돌아왔다.

"고마워."

그녀가 말하며 살짝 내 어깨를 쳤다.

"정말 고마워. 아무한테나 동생들 안 맡기는데 너라면 안심해도 될 것 같아."

레안더와 카를로타가 수영장으로 들어간 후 나는 막스와 스반테를 데리고 칼싸움을 했다. 카를로타의 동생들은 정말 시끄러웠지만 나를 무척 따랐다. 그래도 나는 분노와 질투를 삭이지 못해 내내 기분이 안 좋았다.

그해 여름은 그랬다.

레안더와 카를로타는 커플이 되었다. 처음에는 셋이서 다녔다. 아니, 정확하게 말하면 다섯이었다. 막스와 스반테가 쉬지 않고 고함을 지르며 우리 주위를 뛰어다녔으니 말이다. 그러던 어느 날 공원의 풀밭에서 참다 못한 내가 그들을 향해 악을 썼다.

"빌어먹을, 내가 애 보는 보모냐? 너희들 베이비시터냐고? 애 봐 줄 사람이 필요하면 다른 멍청한 놈 알아봐."

그러고는 하늘이 무너지기라도 하는 것처럼 미친 듯 달렸다. 하늘은 정말로 무너졌다. 적어도 나의 하늘은.

"새미, 새미, 새애애애미!"

막스와 스반테가 슬픈 목소리로 나를 불렀지만 돌아보지도 않고 계속 달렸다. 레안더와 카를로타는 날 부르지도 않았다. 그렇게 몇 주가 흘러갔다. 최악의 나날이었다. 학교에 가서는 로봇처럼 한마디도 하지 않고 레안더 옆자리에 앉아 있었다. 레안더 역시 말이 없었다. 적어도 나한테는 말을 걸지 않았다. 원래 말이 없는 성격이 아닌데도 말이다. 이제 레안더는 머리를 길렀고 손가락에 은색 커플 반지를 끼고 다녔다. 똑같은 반지가 누구 손에 끼워져 있는지 나는 알고 있었다. 쉬는 시간이면 레안더는 학교 운동장으로 향하는 계단에 다리를 뻗고 앉아 미소 띤 얼굴로 하늘을 올려다보았다. 어느 날인가는 나도 말없이 그 옆에 앉아 레안더를 가만히 쳐다보았다. 하나뿐인 내 친구는 며칠 새 너무나 낯선 사람이 되어 버렸다. 괴물 같았다. 사랑에 빠져 행복한 괴물. 레안더는 눈도 뜨지 않고 나에게 말했다.

"미안해. 일이 이상하게 꼬여서."

그의 목소리가 진지했다. 나는 아무 말도 하지 않았다. 무슨 말을 한단 말인가?

"그렇지만 우린 서로 사랑해."

나는 여전히 아무 말도 하지 않았다.

"카를로타가 네 소식 궁금해해. 그 골칫덩이들도 만날 때마다 넌 안 오냐고 묻고. 우리 모두 같이…….''

"아니. 난 싫어."

내가 야멸차게 대답했다. 레안더가 나를 쳐다보았다.

"새미, 왜 그래?"

그가 고개를 저었다.

"대체 왜 그러는데? 너 미쳤어? 왜 날 미워해? 우리가 사귄다는 이유만으로 어떻게 이럴 수가…….''

"그래. 난 그럴 수 있어."

나는 앙 다문 이빨 사이로 사납게 말을 내뱉고 달리기 시작했다. 눈물을 참을 수가 없었기 때문이다. 어찌된 일일까? 내가 정말 카를로타를 사랑하게 된 걸까? 그녀가 날 선택하지 않았다는 것만 해도 견디기 힘든데 레안더까지 날 버리고 카를로타에게 가 버렸다.

날 선택하지 않은 것은 그렇다 쳐도 왜 하필이면 상대가 레안더인 걸까? 이제 내 곁은 누가 지킬까?

나는 밤새 뒤척이며 레안더를 그리워했고 카를로타의 꿈을 꾸었다. 잠깐 선잠이 들 때마다 카를로타와 레안더가 뒤섞여 반은 카를로타이고 반은 레안더인 인간이 꿈에 나타났다. 불과 몇 초의 그 짧은 꿈속에서 나는 그 이상한 괴물에게 키스를 했고 슬픔과 그리움 때문에 온몸을 떨었다.

카를로타에게 키스하고 싶었고 레안더와 옛날처럼 온갖 장난을 치고 싶었다. 그게 안 된다면 적어도 레안더만이라도 되찾고 싶었다. 그럴 수만 있다면 카를로타는 기꺼이 포기할 수 있었다. 아니면 레안더를 버리고 카를로타를 갖고 싶었다. 하지만 그 어느 것도 내 뜻대로 되지 않았기에 미칠 것만 같았다.

———

겨울이 왔다. 콘라트 아저씨는 거의 매일 밤 우리 집에서 자고 갔다.

"난 싫어요. 그 사람이 우리 집에 오는 것 싫다고요."

나는 엄마에게 화를 냈다. 내가 콘라트 아저씨를 싫어해서 엄마는 속이 상한 것 같았다. 이제는 그걸 드러내 놓고 표현했다.

"새미, 불평 좀 그만해."

엄마가 짜증 섞인 목소리로 말했다.

"콘라트 아저씨가 뭘 어쩐다고 그래? 하루 종일 밖에서 일하는 사람인데."

우리는 서로를 바라보았다. 엄마는 내가 얼마나 힘든지 전혀 몰랐다. 레안더가 우리 집에 오지 않는다는 것도, 내가 늘 혼자 집에 처박혀 있다는 것도 전혀 눈치채지 못했다.

"내일은 아빠 생일이잖아요. 우리 둘이서만 보내고 싶어요."

내가 심술궂게 말했다. 엄마는 얼굴을 찌푸렸지만 고개를 끄덕였다. 왠지 내가 이긴 것 같아 뿌듯한 기분이 들었다. 물론 한심한 생각이었지만.

불면의 밤은 계속되었다. 찰리는 따뜻한 손난로처럼 내 발치에 누워 있었다. 찰리는 성질이 온순하고 털이 뻣뻣한 닥스훈트로 나이가 많았다. 우리 가족과 아주아주 오래전부터 함께 있었다. 사랑스럽고 따뜻한, 늙은 내 친구였다.

콘라트 아저씨가 들어오는 소리가 들렸다. 늦은 시각이었다. 찰리가 고개를 번쩍 들고 살짝 짖었다. 나도 고개를 들었다. 어차피 잠은 오지 않았다. 나는 소리 죽여 가만히 일어났다. 그리고 내 방문을 열고 엄마 방 쪽으로 귀를 세웠다. 이미 깊은 밤이었다. 콘라트 아저씨는 산부인과 의사이기 때문에 아기가 세상에 나오고 싶으면 언제라도 아기를 받아야 한다. 오늘은 자정 넘어서까지 일을 한 모양이었다.

며칠 있으면 나의 열다섯 번째 생일이었다. 엄마와 콘라트 아저씨가 소리 죽여 이야기를 나누는 소리가 들렸다. 아저씨는 콧노래를 흥얼거리면서 목욕탕으로 들어갔다. 그리고 티셔츠와 팬티만 걸친 채 엄마의 침실로 돌아갔다. 콘라트 아저씨가 한숨을 쉬면서 침대로 털썩 몸을 던지자 침대가 삐걱거렸다. 갑자기 카를로타 생각이 났다. 레안더도 그녀의 집에서 밤을 보냈을까? 아니면 그녀가 그의 집에서? 찰리가 다시 고개를 들었다. 저쪽 엄마 방에서 엄마의 웃음소리가 들렸다. 콘라트 아저씨도 따라 웃었다. 이제 두 사람이 섹스를 할까? 엄마는 얼마 전부터 다시 피임약을 먹고 있었다. 목욕탕 거울장을 열었다가 피임약을 봤다. 물론 엄마는 여전히 젊고 매력적이다. 사실 지금까지 남자친구가 별로 없었다는 게 더 이상했다. 그럼에도 엄마가 저기에서, 내 방에서 불과 몇 걸음 떨어진 곳에서 남자와 잠을 잔다고 생각하니 불쾌했다. 엄마는 그런 짓을 하면 안 된다. 생각만 해도 구역질이 났다. 물론 이런 내 생각이 한심하다는 것도 나는 잘 알았다.

찰리가 침대에서 뛰어 내려와 내게로 달려왔다. 내 차가운 발에 몸을 부비더니 한숨을 쉬고 으르렁대면서 느릿느릿 내 앞에서 누울 자세를 취했다. 나는 찰리를 쓰다듬으며 카를로타 생각을 했다. 그리고 오랜 친구였던 레안더를 생각했다. 레안더는 키가 크고 몸도 다부진 데다 얼굴도 잘생기고 아주 어른스러웠다. 그에 비하면 나는 키도 작고 피부도 깨끗하지 못했다. 레안더처럼 날렵한 인상을 주는 것도 아니었다. 이제 내겐 이 회색 털의 늙은 닥스훈트밖에 없었다. 나를 위해서라면 차가운 바닥에서 밤을 지새울 수도 있는 찰리밖에.

엄마와 콘라트 아저씨가 정말로 섹스를 했다. 아주 또렷하게 들렸다. 아주 낮고 조용조용한 소리였지만 그래도 나는 알 수 있었다. 나는 우울한 마음으로 일어서서 찰리를 따뜻한 침대로 데려갔다.

"잘 자, 친구. 넌 이미 할아버지야. 차가운 바닥에서 자다가는 감기나 관절염에 걸리고 말 거야."

찰리가 한 번 더 찢어지게 하품을 하더니 몸을 웅크리고 잠이 들었다. 나도 침대로 올라가 머리끝까지 이불을 뒤집어썼다. 그리고 책상다리 자세로 앉아 자위를 했다. 그러면서 카를로타와 레안더를 생각했다.

아빠의 생일날은 엄마와 단둘이 보냈다. 콘라트 아저씨는 하루 종일 코빼기도 보이지 않았다. 전화 한 통 없었다. 학교에서 돌아온 나는 초조하게 엄마를 기다렸다. 엄마가 병원에서 퇴근한 후 우리는 이탈리아 식당으로 밥을 먹으러 갔다.

"다음 주가 네 생일이구나."

엄마가 미소를 지으며 말했다.

"벌써 열다섯 살이구나. 시간이 어찌나 잘 가는지……."

나는 웃지 않았다.

"왜 그래?"

엄마가 물으며 내 손을 꼭 잡았다. 기분이 좋았다. 한동안 우리는 그냥 그렇게 앉아 있었다. 주문한 스파게티가 나왔다.

"맛있게 먹어."

엄마가 말했다.

"응, 엄마도."

내가 말했다.

엄마는 와인 한 잔을, 나는 콜라 한 잔을 주문했다.

"아빠를 위해서!"

엄마가 이렇게 말하며 엄마의 잔을 아직 손도 안 댄 내 잔에 살짝 맞대었다.

"응."

나는 울적한 목소리로 대답하고는 멍하니 앞만 쳐다보았다. 엄마가 얼굴을 찌푸리고 나를 가만히 쳐다보았다.

"왜 그러니, 새미?"

엄마가 또 물었다. 나는 어깨만 으쓱할 뿐 입을 열지 않았다. 식사를 하는 중이라 엄마가 내 손을 쥐고 있기가 힘들었다. 그래도 나는 은근히 잡아 주길 바라며 스파게티를 숟가락에 대지 않고 포크를 쥔 한 손으로만 접시에서 돌돌 감았다. 쓰지 않는 왼손은 조심스레 와인 잔과 콜라 잔 사이에 올려놓았다. 한참을 그러고 있으려니 엄마가 무슨 뜻인지 알아차렸다. 엄마는 미소를 지으며 숟가락을 내려놓고 내 손을 꼭 잡아 주었다.

우리는 말없이 밥을 먹었다. 속에서 뭔가 부글부글 끓었다. 식탁에 엎드려 엉엉 소리 내어 통곡이라도 하고 싶었다. 요즘 내가 왜 이러는 걸까? 정말 미쳤나? 자꾸 화가 났고 시도 때도 없이 눈물이 솟구쳤다. 소리 내어 울거나 잠을 자거나 악을 쓰거나 누구한테든 미친 듯 욕을 퍼붓고 싶었다. 갑자기 발기가 되어 난감할 때도 한두 번이 아니었다. 이유를 알 수 없었다. 점심을 먹다가도, 수업 시간에도, TV를 보다가도, 아무 이유 없이 발기가 되었다. 그럴 때마다 얼른 화장실로 달려가야 하니 정말로 성가셨다. 화장실로 들어가서는 나 자신에게 화를 내며 허겁지겁 자위를 했다.

"엄마?"

갑자기 내가 엄마를 부르며 엄마의 손을 마치 난생처음 본다는 듯 빤히 쳐다보았다.

"응."

"왜 엄마 손에는 흉터가 없어?"

엄마는 주춤한 듯했다.

"너도 알잖아."

엄마가 웅얼거리며 손을 뺐다.

"알아. 기절했다고 했어."

내가 얼른 대답했다. 엄마가 고개를 끄덕였다.

"그렇지만 아빠를 도와주는 게 더 나았을 텐데."

우리는 서로를 바라보았다. 갑자기 엄마가 너무 미웠다.

"새미, 나 말고도 많은 사람들이 도와주려고 했어."

엄마가 말했다.

"하지만 엄만 아니었잖아."

"할 수가 없었지, 기절해 있었는데. 너무 끔찍한 순간이었어. 세상이 무너졌지."

나는 점점 더 화가 났다.

"엄마는 나도 못 본 척했잖아. 내가 목이 쉬도록 우는데도 그냥 내버려 뒀다며. 얼마 전에 외할머니가 알려주셨어."

"새미, 그럼 엄마가 어떻게 했음 좋겠니?"

엄마가 불안한 표정으로 물었다. 나는 어깨만 으쓱해 보였다. 그러고는 마지못해 말했다.

"나도 몰라."

"새미, 엄마 피곤해. 오늘 병동에서 힘들었어. 쓸데없이 싸우지 말자."

"밤새 콘라트 아저씨하고 시시덕거리느라 그렇겠지."

아차 싶은 순간, 나도 모르게 말이 튀어 나와 버렸다.

"사무엘, 그런 식으로 말하지 말라고 했지."

엄마가 말했다. 이제는 엄마도 화가 난 것 같았다. 피곤하고 짜증도 난 것 같았다. 스파게티가 다 식어 버렸다. 벌레처럼 퉁퉁 불은 차가운 스파게티. 갑자기 구역질이 나서 접시를 옆으로 밀어 버렸다. 엄마는 말없이 먹기만 했다. 내 것보다 더 따뜻할 리 없었을 텐데도.

"레안더가 우리 집에 안 오는 게 이상하지도 않아?"

엄마가 접시를 비우자 내가 나직이 물었다. 엄마가 나를 빤히 쳐다보다가 깜짝 놀랐다.

"정말이네. 요즘 통 안 왔구나. 한참 된 것 같아."

나는 고개를 끄덕였다. 또다시 식탁에 엎드려 울고 싶었지만 억지로 참았다.

"싸웠니?"

엄마가 물었다. 나는 고개만 끄덕였을 뿐, 더 이상 아무 말도 하지 않았다. 그날 저녁 엄마는 와인을 세 잔 더 시켰고 나도 콜라를 네 잔이나 마셨다. 식당을 나오자 밖은 이미 어두웠고 눈발이 흩날렸다. 나는 계속 콜라만 들이켜 헛배가 불렀다. 마음도 참담하기 이를 데 없었다.

엄마는 외투 주머니에 손을 찔러 넣은 채 걸었다. 집에 다 왔을 무렵, 혼자 있기 싫어하는 찰리가 왈왈 짖어 대는 소리가 들리자 엄마는 걸음을 멈추고 조심스레 말했다. 내년 여름에 콘라트 아저씨가 이혼을 하면 같이 살기로 했다고.

"아저씨가 우리 집으로 들어와?"

내가 깜짝 놀라 물었다.

"아니. 그러기엔 너무 좁잖니. 변두리에 집을 한 채 사려고 해."

우리는 말없이 집으로 들어갔다. 너무너무 불행했다.

열다섯 살이 되었다.

본격적인 겨울이 시작되었고 나는 코딱지만 한 내 방에서 꼼짝도 하지 않았다. 콘라트 아저씨가 없는 날이면 가끔 엄마 방으로 건너가 말없이 엄마 옆에 앉아 있었다.

"새미, 왜 그러니?"

엄마가 물었다.

"아니야."

내가 대답했다.

"왜 그렇게 엄말 빤히 쳐다봐?"

나는 어깨를 으쓱하고 창으로 걸어가 밖을 내다보았다.

"무슨 걱정이라도 있니?"

엄마가 물었다.

"아니."

내가 웅얼거렸다.

"콘라트 아저씨 때문에 그래?"

엄마가 인상을 쓰며 물었다. 나는 또 어깨만 으쓱했다.

"아, 새미……."

"아저씨가 엄마한테 키스하는 게 싫어."

마지못해 털어놓는다는 듯 내가 대답했다.

"다 큰 애가 왜 어린애처럼 굴어?"

그 말에 기분이 확 상했다. 나는 벌떡 일어나 큰 소리로 발을 구르며 밖으로 나와 문을 쾅 닫아 버렸다.

크리스마스에는 매년 그렇듯 아래층 외할머니 집 거실로 내려가서 보냈다. 크리스마스 휴일이 끝나고 난 후 레안더는 심통 난 내 얼굴에 질렸다며 자리를 바꿨다. 레안더는 크누트 옆자리로 옮겨 앉았고 나는 혼자 남았다.

어느 날은 시내에 나갔다가 레안더와 카를로타를 보았다. 둘이 팔짱을 끼고 이야기를 하느라 내 쪽은 쳐다보지도 않았다. 또 어떤 날은 혼자 있는 카를로타를 만났다. 레안더는 없었지만 막스와 스반테가 같이 있었다.

"새미, 안녕."

카를로타가 걸음을 멈추며 인사를 건넸다.

"안녕."

나는 우물쭈물 대답했다.

"새미, 새미, 새미, 안녕."

막스와 스반테가 환성을 지르며 살짝 떨고 있는 내 손을 잡았다.

"애들이 너 많이 보고 싶어 했어."

카를로타가 말했다. 목소리에 살짝 비난이 실려 있었다.

"지난여름에 너랑 재미있게 놀았잖아."

나는 말없이 카를로타를 쳐다보며 내 마음을 살폈다. 지난여름 카를로타를 처음 만났을 당시 찾아왔던 그 격한 감정이 희미하게 떠올랐다. 그 감정은 이제 없었다. 확실히 사라졌다. 그녀로 인해 잠 못 들던 그 숱한 밤들이 떠올랐다. 그리고 그토록 그리워했던 카를로타와 레안더의 합체 인간이 떠올랐다. 나는 얼마나 한심하게 행동했던가. 정말 말할 수 없이 한심했다. 카를로타는 창백했고 예전보다 더 마른 것 같았다. 주근깨가 투명해져서 거의 보이지 않을 정도였다.

"얼굴이 창백해졌네."

내가 비꼬듯이 말했다.

"어디 아팠어?"

"예전에도 창백했어."

카를로타가 어깨를 으쓱하며 대답했다.

"겨울엔 특히 더 그래."

우리는 서로를 찬찬히 살폈다. 자기 때문에 내가 얼마나 많은 상처를 받았는지 카를로타는 알까? 아마 모를 거야. 막스와 스반테는 여전히 내 팔을 잡아당겼다.

"같이 가자. 새미, 같이 가서 놀자."

나는 고개를 저으며 손을 뿌리쳤다.

"미안, 얘들아. 시간이 없어."

갑자기 마음이 냉랭해졌다. 나는 더 이상 한마디도 하지 않고 그 자리를 떴다.

3월에 엄마와 콘라트 아저씨가 갑자기 마음에 드는 집을 발견했다면서 이사 준비를 시작했다. 외할머니와 외할아버지는 마음이 상했는지 곧바로 우리가 살던 2층의 세입자를 구했다. 얼마 전 콘라트 아저씨와 이혼을 한 전 부인은 벌써 여러 차례 우리 집 전화기의 자동 응답기를 입에 담지도 못할 욕설과 협박으로 채워 놓았다. 이상하게도 그 여자는 콘라트 아저씨는 미워하지 않고 엄마와 나만 미워했다. 특히 엄마한테 심하게 굴었다. 얼마나 고약한 욕설과 협박을 해 댔는지, 퇴근한 콘라트 아저씨가 자동 응답기에 녹음된 내용을 듣고는 얼굴이 새하얗게 질려 엄마한테 연신 미안하다고 사과를 했다.

　고약한 시절이었다. 학교에서도 늘 혼자였다. 아무도 내 옆자리에 앉지 않았다. 나는 말할 수 없이 기분이 나빴다. 게다가 세 가지 일들이 연달아 일어났다. 일어나지 않았으면 좋았을 불쾌한 사건들이었다. 첫 번째는 콘라트 아저씨가 딸을 데려온 것이다. 아저씨한테 딸이 있는 줄은 전혀 몰랐다. 어느 날 학교에 갔다 집으로 돌아오니 처음 보는 여자아이가 찰리를 품에 안고 앞마당을 서성이고 있었다. 그 애는 잔디밭에 서서 내가 온 줄도 모르고 찰리를 연신 쓰다듬고 있었다.

　"너 누군데 남의 집 정원에서 우리 개를 안고 있어?"

　내가 짜증이 나서 물었다. 소녀는 고개를 들어 나를 깔보듯 쳐다보았다.

"네가 사무엘이구나."

그녀가 말했다. 다정한 건지, 쌀쌀맞은 건지 당최 알 수 없는 말투였다.

"내가 누구인지는 나도 알아. 네가 누구냐고?"

나는 화를 내며 소리쳤다. 찰리는 여전히 소녀의 품에 안긴 채 가슴에 몸을 파묻고 있었다. 편안한 소파 위에 앉아 있는 것만 같았다. 나한테로 올 생각은 전혀 없는지, 소녀의 재킷 소매 밑으로 삐져나온 꼬리만 살랑살랑 흔들었다.

"난 아누쉬카야."

소녀가 그 말만 하고는 내 눈을 뚫어져라 쳐다보았다.

"아하."

나는 못마땅한 듯 대답하고 책가방을 잔디밭에 던졌다.

"넌 나를 모르잖아."

아누쉬카가 말하면서 인상을 썼다.

"우리 아빠가 너하고 네 엄마한테 집을 사 줄 참이라던데. 서로 알고나 지내야 하지 않겠어?"

우리는 서로를 노려보았다. 망치로 머리를 한 대 얻어맞은 것 같았다.

"그럼 네가 콘라트 아저씨 딸이야?"

내가 깜짝 놀라 물었다.

"딸이 있는 줄 몰랐는데."

"심지어 하나가 아니라 둘이거든?"

아누쉬카가 어깨를 으쓱했다.

"동생은 아직 한참 어려. 다섯 살밖에 안 됐어."

나는 여전히 아누쉬카를 노려보면서 이게 어떻게 된 상황인지 파악하려고 애를 썼다. 아누쉬카는 나하고 나이가 비슷해 보였다. 하지만 키가 작았고 동그란 얼굴은 순진한 느낌까지 들었다. 갈색 눈에, 찰랑거리는 긴 머리는 등까지 내려왔다. 까다로워 보이지는 않았지만 그다지 총명한 인상도 아니었다.

"이 닥스훈트가 정말 네 개야?"

그녀가 물었다.

"그래."

나는 짧게 대답했다.

"이런 촌스런 개를 키운다니 우습다."

아누쉬카가 말하며 웃었다.

"여기 있어."

그녀가 찰리를 내게 건넸다. 찰리는 잠이 든 채로 그녀의 팔에서 내 팔로 옮겨 왔다.

"뭐가 촌스럽다는 거야?"

짜증을 내며 내가 물었다. 아누쉬카가 웃었다.

"보통 닥스훈트는 할머니들이 많이 키우잖아. 어린애가 닥스훈트

키우는 건 처음 봤어."

"말도 안 되는 소리."

나는 화를 내며 집으로 들어갔다. 아누쉬카가 따라 들어와 소파에서 맥주를 마시는 콘라트 아저씨 옆으로 가서 앉았다. 나는 찰리를 데리고 내 방으로 들어가 문을 쾅 닫았다.

두 번째 사건은 외할머니의 병환이었다. 3월 중순 어느 날 아침, 외할머니가 갑자기 이상해지셨다. 외할머니는 아침에 눈을 뜨자마자 노래부터 부른다고 늘 말씀하시던 외할아버지가 제일 먼저 알아차리셨다. 아직 6시도 되지 않았는데 외할아버지가 2층 문을 두드리며 엄마를 찾아오셨다. 엄마는 야간 근무라서 막 잠이 든 참이었다. 더구나 콘라트 아저씨도 옆에 있어서 전혀 일어날 생각이 없어 보였다. 엄마가 잠에 취한 목소리로 짜증스럽게 물었다.

"왜 그러세요?"

"아래층으로 좀 내려와 봐라. 네 엄마가 이상해."

흥분한 외할아버지가 겁먹은 목소리로 외치셨다. 찰리가 왈왈 짖으며 내 침대에서 뛰어 내렸고 나 역시 불안한 마음에 자리에서 일어났다. 엄마는 한참을 꾸물거린 후에야 겨우 일어나 잔뜩 찌푸린 얼굴로 외할아버지를 쳐다보았다.

"카타리나가 있었더라면……."

마음이 상한 외할아버지가 혼잣말을 하듯 중얼거리셨다. 그 말에 엄마는 더 마음이 상한 모양이었다. 엄마가 정신을 차리려고 커피를 한 잔 마시면서 혼자서 투덜거리는 동안 외할아버지와 나는 먼저 아래층으로 내려갔다. 외할머니가 말없이 식탁에 앉아 계셨다. 얇은 잠옷만 입고서 창밖을 멍하니 내다보셨다.

"하루가 저물었구나."

내가 쭈뼛거리며 좁은 부엌으로 들어가자 외할머니가 말했다. 그러면서 정신이 나간 사람처럼 웃었고 떨리는 집게손가락으로 차를 저었다. 찻잔에 찻숟가락이 얌전히 놓여 있었는데도 말이다.

"나 금방 죽어?"

외할머니는 문득 이렇게 묻더니 또 이런 말도 하셨다.

"죽으면 어떻게 될까?"

외할머니는 그러고도 한참을 더 사셨다. 하지만 그날 밤 약한 뇌졸중이 찾아왔고 그 후에는 두 번 다시 예전으로 돌아오지 못하셨다. 가끔씩 정신이 돌아올 때도 있었다. 그럼 내가 누군지도 알아보셨고 결연한 표정으로 짜다 만 내 스웨터를 집어 들고 허둥지둥 뜨개질을 하셨다. 하지만 나는 이미 예감하고 있었다. 그 스웨터는 결코 완성되지 못하리라는 것을. 나는 외할머니 걱정에 미칠 것만 같았다. 외할머니가 손가락으로 커피를 휘휘 젓거나 잠옷만 입고 장을 보러 가실 수도 있을 테니까.

그래서 한동안은 거의 외할머니와 외할아버지 곁에만 붙어서 두 분을 보살폈다. 새집으로 이사를 가기 직전이었다. 외할머니가 편찮으시자 외할아버지도 예전 같지 않으셨다. 외할머니가 저러다가 금방 돌아가실까 봐 겁을 내며 걱정하고 또 걱정하셨다. 때로는 외할머니가 이상해졌다고 벌컥 화를 내기도 하셨다. 그런 와중에 어느 날부턴가 나는 외할머니와 외할아버지를 외면하기 시작했다. 더 이상 전처럼 두 분을 보살펴 드리지 않게 되었다.

그해 봄은 날씨마저 이상했다. 좀처럼 해가 나오는 날이 없었다. 연일 내리는 비에 꽃망울들이 제대로 펴 보지도 못하고 뚝뚝 떨어졌다. 크누트랑 친해진 레안더는 카를로타까지 셋이서 어울려 다녔다. 가끔씩 길에서 우연히 그 셋을 만날 때가 있었는데 그날도 그랬다. 찰리를 줄에 묶어 끌고는 외할머니를 모시고 물리 치료를 받으러 가는 길이었다. 그들과 마주친 순간 나는 갑자기 이 둘이 미워졌다. 다리가 휜 늙고 볼품없는 개와 역시나 늙고 볼품없는 외할머니가……. 레안더와 카를로타, 크누트는 나를 보고 웃었다. 다정하게, 조심스럽게, 그렇지만 아주 낯설게, 거리를 두면서. 미친 듯이 분노의 불길이 치솟아 올랐다. 나는 한 발 앞서 걸어가던 찰리의 목줄을 확 잡아당겼다. 그리고 붙들고 있던 외할머니의 팔을 갑자기 놓아 버렸다.

"새미, 왜 그러니?"

외할머니가 놀라 물으셨다.

"아니에요, 외할머니. 아무것도 아니에요."

내가 웅얼거렸다. 하지만 그날 이후 나는 두 번 다시 외할머니와 밖으로 나가지 않았다. 그걸로도 모자라 가능한 한 외할머니, 외할아버지와 같이 있으려고 하지 않았다. 엄마는 전혀 눈치채지 못한 것 같았다. 콘라트 아저씨와 새집, 돈 걱정, 이사 계획 때문에 다른 건 아무것도 눈에 들어오지 않는 것 같았다.

외할머니와 외할아버지는 내가 두 분을 외면하자 무척 당황하고 속상해하셨다. 결국 의지할 데가 없어진 두 분이 카타리나 이모에게 전화를 걸었고 놀란 이모가 달려왔다. 엄마와 이모는 계단에서 한참을 격렬하게 싸웠다. 결국 이모가 이번 여름에 외할머니와 외할아버지를 프랑스로 모셔 가겠노라고 선언했다. 좋은 생각은 아닌 것 같았지만 두 분도 동의를 하셨고, 어느 날인가 부동산에서 사람이 와서 내가 태어나고 자란 이 작고 아늑한 집을 탐탁지 않은 표정으로 이리저리 살펴보더니 아주 싼 가격에 매물로 내놓겠다고 말하고 가 버렸다.

"나쁜 놈."

내가 침울한 목소리로 중얼거렸다.

"우리 집이 무슨 다 쓰러져 가는 판잣집이야?"

"새미, 너무 속상해하지 마. 어차피 너도 이사 갈 거잖아."

카타리나 이모가 말했다.

"나는 정말 이사 가고 싶지 않아요. 근데 아무도 나한테 물어보지 않았잖아요. 한 번도 안 물어봤어요."

나는 침통한 표정으로 내리는 비를 쳐다보았다.

"새미, 무슨 일 있니?"

카타리나 이모가 조심스레 물었다.

"꼭 무슨 일이 있어야 해요?"

내가 퉁명스레 대답했다.

"네가 너무 변한 것 같아서 그래. 레안더하고 싸웠니? 왜 통 우리 집에 안 오는데?"

이모가 물었다.

"왜 간섭이야? 방화범 주제에. 이모만 없었으면 내 인생도 이렇게 꼬이지 않았을 거고……."

나는 목소리를 점점 높이다가 결국에는 악을 쓰고 고함을 지르며 이모에게 대들었다. 그러고는 나 스스로 깜짝 놀랐다. 입을 다문 채 슬슬 눈치를 보며 그 자리를 빠져 나왔다. 이모는 날 붙잡지 않았다. 요즘엔 늘 이런 식이었다. 내가 절망에 빠져 도망쳐도 아무도 날 붙잡지 않았다. 내가 달아날 때마다, 이런 식으로 관계를 끊을 때마다 모두들 그냥 가게 내버려 둬도 괜찮다고 생각하는 것 같았다. 아마 그 누구도 나를 정말로 소중한 사람이라고 생각하지 않기 때문일 것이다.

이사 전에 일어난 세 번째 불쾌한 일은 비둘기 사건이었다. 그날 나는 혼자 충동적으로 숲에 들어갔다. 레안더와 카를로타를 보았기 때문이다. 둘은 마트 앞에 서서 키스를 하고 있었다. 두 사람이 이렇게 오래 사귈 줄 누가 알았을까? 나는 몇 걸음 떨어진 신문 가판대 뒤에 몸을 숨기고 두 사람을 지켜보았다.

비가 흩뿌리고 있었지만 두 사람은 아랑곳하지 않았다. 못 본 사이 검은 머리카락이 어깨까지 자란 레안더는 비에 흠뻑 젖어 있었다. 어른스러워 보이는 잘생긴 그의 얼굴이 카를로타의 창백한 얼굴을 향해 미소 지었고, 그녀의 머리 위에 놓은 큼직한 그의 손이 우산처럼 비를 막아 주었다. 카를로타가 차가운 양손을 그의 재킷과 스웨터 안으로 넣는 게 내게도 똑똑히 보였다. 나는 못 박힌 듯 그 자리에 서 있었다. 카를로타가 미소를 지었고 레안더가 그녀의 얼굴에 살짝 키스를 하며 자신의 몸을 그녀에게 밀착시켰다.

나는 아랫입술을 깨물었다. 고함을 지르며 달려가 둘을 떼어 놓고 싶었다. 어찌나 흥분을 했는지 무릎이 후들거렸다. 고개를 돌려 집으로 돌아와서는 나 자신을 욕하며 자위를 했고 이어 세상이 무너진 것처럼 엉엉 울었다.

그 후 나는 숲으로 들어갔다. 목적 없이 숲 속을 배회하면서 온 세상을 증오했다. 삐죽한 낙석 옆에 놓인 평평한 바위가 눈에 들어왔다. 그 위에 털썩 주저앉아 무릎을 세우고 돌덩이처럼 무거운 머리를 얹었다. 나 혼자 무인도에 떨어진 것 같았다. 돌 하나를 집어 들어 나뭇가지와 이파리, 솔방울을 향해 던졌다. 버림받은 고아가 된 기분이었다. 외할머니와 외할아버지는 프랑스로 떠나면 영영 돌아오시지 않을 것이다. 그리고 우리는 새집으로 이사를 할 것이다. 앞으로 어떻게 될까? 콘라트 아저씨가 집주인이자 새아빠가 될 테고, 사랑에 빠져 정신이 없는 우리 엄마는 어차피 나한테 관심이 없다. 레안더와 카를로타는 날 우습게 볼 것이고 내 몸은 미친 것처럼 계속 발기를 한다. 아무도, 아무도, 정말 아무도 나한테 관심이 없다. 학교에서 혼자 앉아 있기가 죽기보다 괴롭다. 다들 짝이 있는데 나만 혼자 앉아 있다. 예전에 내가 불쌍하게 여겼던 왕따들도 혼자 앉지는 않았는데……. 왜 갑자기 내게 이런 일들이 생긴 것일까? 어쩌다 이렇게 된 걸까?

내가 울고 있다는 사실을 깨닫고 짜증이 났다. 그때 비둘기 한 마리가 눈에 띄었다. 나는 평소 동물을 무척 좋아했다. 그런데 그날은 정말 어처구니없는 짓을 저질렀다. 비둘기는 이미 다친 상태였다. 그 몸으로 나를 향해 느릿느릿 다가와서는 불안한 눈빛으로 도와 달라는 듯 빤히 쳐다보았다. 왼쪽 날개가 부러져 땅에 질질 끌렸다. 우리는 서로를 쳐다보았다. 불안에 떠는 비둘기와 나. 커다란 검은 눈동자의 비둘기와 울어서 두 눈이 퉁퉁 부은 나. 아무 생각도 들지 않았다. 내 머리에 담긴 모든 생각을 멀리, 저 멀리 던져 버렸다. 그 순간 나는 크고 무거운 나뭇가지를 집어 들어 비둘기를 벌컥 내려치기 시작했다. 미친 사람처럼 때리고 또 때렸다. 비둘기의 피가 사방으로 튀었고 쉭쉭 바람을 가르는 나뭇가지 소리가 귀를 때렸다.

나는 소리높여 울었다. 손과 재킷이 피범벅이었다. 구역질이 났다. 욕을 퍼부으며 젖은 나뭇잎으로 손에 묻은 피를 닦았다. 빗줄기가 굵어졌다. 지치고 피곤해진 나는 가만히 서서 억수같이 퍼붓는 비를 맞았다. 나뭇잎이 쏴쏴 흔들렸고 향기로운 풀냄새가 났다. 마음이 가라앉았다. 나는 다시 시내로 돌아왔다.

그 후로 오랫동안 나는 울지 않았다.

———

얼마 후 우리는 이사를 했고 찰리가 죽었다. 그리고 내 이야기가 본격적으로 시작되었다.

외할머니, 외할아버지는 프랑스로 떠나기 위해, 우리는 새집으로 가기 위해 각자 짐을 쌌다. 엄마가 정성을 다해 이삿짐 상자들을 하나둘 채워 갈 동안, 나는 창고에서 외할아버지의 낡은 손수레를 꺼내 와 귀를 찢는 록 음악을 틀어 놓고 정성껏 닦았다. 그리고 수레에다 낡은 책들을 집어 던졌다. 《톰 소여의 모험》, 《톰 아저씨네 오두막》에서부터 무척 아꼈던 《아스테릭스》 시리즈, 신나게 읽었던 《해리 포터》 시리즈, 공상 과학 소설들……. 보드게임과 퍼즐, 카드, 낡은 다트 판, 내가 그린 그림을 모아 놓은 스케치북까지 모조리 집어넣었다. 마음이 무거웠지만 레안더와 함께했던 시절의 물건들은 모두 버리기로 결심했다. 레안더가 나를 버렸으니 이제 내가 그를, 우리의 어린 시절을 버릴 차례였다.

찰리는 내 침대에 누워 놀란 눈으로 나를 쳐다보았다. 워낙 시끄러운 음악을 싫어하는 데다 최근 들어 내가 왜 이렇게 자신을 구박하는지 도무지 이해가 안 되는 것 같았다.

"닥스훈트는 한심한 노친네들이나 좋아하는 개야."

나는 음악 소리보다 더 크게 악을 썼다. 그 말에 찰리가 낑낑거렸다. 찰리는 슬플 때 항상 낑낑거렸다. 이제는 그것마저 거슬렸다. 왜 내가 개의 기분 따위를 신경 써야 한단 말인가? 내 기분은 아무도 안 알아주는데.

"내려와."

짜증을 내며 찰리를 침대에서 밀었다. 그리고 찰리가 깔고 앉아 있던 낡은 스머프 베개를 집어 들었다. 찰리는 낮에는 항상 그 베개 위에 올라가 앉아 있었다. 나는 그것도 손수레에 집어 던졌다. 외할머니가 손수 떠 주신 스웨터들도 몽땅 다 버렸고 레안더와 같이 모았던 미니카들도 미련 없이 손수레에 던졌다.

"버려, 버려, 다 버려."

나는 중얼거리며 숨을 들이쉬었다. 모두들 자기 짐을 담은 상자를 정원으로 내려다 놓았다. 곧 이삿짐센터에서 차가 올 예정이었다. 그 많은 상자들 중에 내 것은 딱 세 개뿐이었다.

"다른 건 어디 있니?"

엄마가 놀라 물었다.

"이게 다예요."

나는 더 이상 말하기 싫다는 듯 잘라 말했다. 엄마는 나를 쳐다보았다. 무슨 일이냐고, 물건을 다 어디다 버렸냐고 묻고 싶은 표정이었다. 하지만 때마침 이삿짐센터 차가 경적을 울리면서 우리 집 쪽으로 다가왔고 엄마는 입을 다물었다.

"새미 침대랑 책상은 어제 밤에 부서서 재활용 쓰레기로 내놨어."

콘라트 아저씨가 엄마에게 소리쳤다. 외할머니와 외할아버지도 정원으로 나와서 이삿짐에 둘러싸인 우리를 우울한 표정으로 지켜보셨다. 어차피 두 분도 이달 말에는 프랑스로 이사를 하실 것이다. 카타리나 이모와 프레데릭스 이모부가 사는 작고 아담한 해변가의 집으로.

"저희랑 같이 가세요. 오늘 저녁 다 같이 식사하게요."

콘라트 아저씨가 정중하게 물었다.

"제가 좋은 와인 한 병 대접할게요."

외할아버지는 고개를 저으셨다. 외할머니도 고개를 저으며 뭐라 알아들을 수 없는 말을 중얼거리셨다. 워낙 오랜 세월 동안 우리와 함께 살아온 두 분은 아마 엄마가 새 남자를 만나 부모도 없이 자기 인생을 살 수 있다는 생각을 해 보신 적이 없었을 것이다.

아누쉬카도 와 있었다. 개구리 같은 초록색의 긴 비옷을 입고 오렌지색 장화를 신고 팔짱을 낀 채 마당을 배회하다가 낑낑거리며 상자를 옮기는 엄마와 콘라트 아저씨를 물끄러미 바라보았다.

"좀 도와주면 안 되겠냐?"

콘라트 아저씨가 짜증을 내며 고함을 질렀다. 아누쉬카는 마지못해 고개를 젓더니 이마를 톡톡 두드렸다. 나 역시 도와주고 싶은 마음이 없었다. 그때 사건이 터졌다.

콘라트 아저씨가 이삿짐센터 차가 들어올 자리를 만들어 주려고 자기 차를 차고에서 빼려고 했다. 아저씨는 여기저기 널린 상자를 치우다가 물웅덩이에 발이 빠졌고 투덜대면서 차에 올랐다. 그런데 차를 후진시키는 순간 찰리가 갑자기 집에서 뛰어나왔다. 아마 나를 찾으러 나왔거나 그냥 오줌을 누러 나왔던 걸 수도 있다. 어쨌든 찰리는 순식간에 차의 뒷바퀴에 치였다. 그러고는 옆으로 툭 쓰러지더니 검은 눈을 감고 지저분한 꼬리를 굽은 뒷다리 사이로 동그랗게 말아 넣었다. 다음 순간 찰리의 숨이 끊어졌다. 하나뿐인 나의 개 찰리는 조용히, 아주 초연하게 숨을 거두었다.

"이런!"

콘라트 아저씨가 비명을 지르며 차에서 내렸다.

"콘라트! 안 돼!"

엄마도 비명을 질렀다. 나는 말없이 정원에 서서 콘라트 아저씨가 찰리를 조심스레 들어올려 엄마의 품에 건네주는 모습을 지켜보았다. 콘라트 아저씨의 얼굴이 하얗게 질렸다. 죄책감과 충격으로 당혹스러운 표정이 역력했다. 엄마가 날 찾아 두리번거렸지만 나는 아빠가 사고를 당하던 날 내가 울면서 누워 있었다는 그 사과나무 뒤로 몸을 숨겼다.

뭔가 감정이 치밀어 오르기를 기다렸다. 울음이 터져 나오기를 기다렸다. 온몸이 부들부들 떨리기를 기다렸다. 찰리, 부드럽고 따뜻한 내 작은 개 찰리가 죽었다. 콘라트 아저씨가, 하필이면 콘라트 아저씨가 찰리를 치어 죽였다.

그러나 아무 일도 일어나지 않았다. 어떤 감정도 샘솟지 않았다. 절망도, 찰리에 대한 동정심도, 콘라트 아저씨에 대한 분노도 일어나지 않았다.

그 어떤 감정도.

그렇게 나는 이사를 갔다. 찰리도 없이. 거의 텅 비어 있는 새 방으로. 여름 방학이었고 비가 자주 내렸다. 콘라트 아저씨는 연신 나에게 미안하다고 했다. 비싼 오디오와 DVD를 사 주었고 TV도 내 방에 따로 놔 주었다.

"새 강아지 갖고 싶으면 언제든지 말해."

내가 며칠 동안 방에만 틀어박혀 아무것도 하지 않자 콘라트 아저씨가 눈치를 보며 말했다. 여태 아저씨가 사 준 비싼 전자 기기에 손도 대지 않은 상태였다.

"아니요. 싫어요."

나는 잘라 말했다.

"그렇게 말씀해 주시니 고맙습니다."

콘라트 아저씨는 미소를 지었다. 나는 미소 짓지 않았다. 며칠 후 나는 TV와 오디오 세트를 상자에서 꺼내 침대 앞에 설치했다.

"나갔다 올게요."

엄마는 부엌에서 상자를 풀어 살림을 정리하고 있었다.

"어디 가니?"

엄마가 물었다.

"그냥."

나는 퉁명스럽게 대꾸했다.

"이따 밤에 콘라트 아저씨하고 영화 보러 갈 건데."

접시와 찻잔을 따로 분류하던 엄마가 나를 향해 희미하게 미소를 지었다.

"같이 안 갈래?"

나는 걸음을 멈추고 돌아보았다. 엄마와 내가 마주 보았다. 갑자기 다시 다섯 살로 돌아가 엄마 품에 안겨 잠들고 싶다는 생각이 불쑥 치밀어 올랐다. 얼굴이 빨개졌다. 그런 유치한 생각이 들다니, 당황스러웠다.

나는 아무 말도 하지 않고 아직 텅 빈 집에서 서둘러 나왔다. 시내로 들어가는 버스를 타고 우리 반 라파엘의 집을 찾아갔다. 전에는 한 번도 가 본 적이 없었다. 대문 앞에서 벨을 누르는 순간 가슴이 쿵쾅거렸다. 레안더는 라파엘을 싫어했다. 라파엘하고 안 좋은 일이 있었던 것 같았다. 하지만 지금은 그런 생각을 하고 싶지 않다. 또 설사 레안더가 싫어한다 해도 이제 나와는 아무 상관 없지 않나?

"어, 네가 웬일이야?"

문을 연 라파엘이 물었다. 나는 얼른 대답을 못하고 머뭇거렸다.

"들어와."

라파엘이 제법 상냥한 목소리로 말했다. 그의 방은 폭탄이라도 맞은 것 같았다. 사방에 DVD, 만화책, 게임기가 널려 있었다. 방 한가운데에 어마어마하게 큰 TV가 떡 버티고 있었는데 화면이 멈춘 채 흔들리고 있었다. 벨소리를 듣고 라파엘이 정지 버튼을 누른 모양이었다.

"완전 끝내주는 영화 보고 있던 참인데, 같이 볼래?"

라파엘이 물었다. 나는 고개를 끄덕이며 재킷을 벗었다.

"좋아. 저기 아무 데나 앉으셔."

라파엘이 바닥에서 리모컨을 집어 들었다. 귀에 거슬리는 소음과 함께 영화가 다시 시작됐다. 소리에 흠칫 놀란 나는 라파엘 옆으로 가서 책상다리를 하고 앉았다.

화면에서 한 남자가 여자를 꽁꽁 묶었다. 쥐도 등장했는데, 좁은 쥐덫 안에서 사납게 밖을 노려보고 있었다. 여자는 쥐를 엄청 무서워하는 것 같았다. 갑자기 다른 남자가 등장했다. 아마 붙잡힌 여자를 구해 주러 온 것 같았는데 안타깝게도 장님이었다. 나쁜 남자는 착한 남자를 독거미가 우글거리는 방으로 몰아넣었고 앞을 못 보는 착한 남자는 독거미에게 물렸다.

나는 넋을 잃고 화면을 뚫어져라 쳐다보았다. 라파엘은 느긋하게 벽에 기대 앉아 감자칩을 아삭아삭 씹어 먹었고 콜라도 한 모금씩 마셨다. 그러다 크게 트림을 하고 심지어 하품을 하기도 했다.

"이제 저 새끼가 여자를 뜨거운 기름이 가득 든 욕조에 집어 던질 거야. 꽤 쓸 만한 영화야. 별의별 게 다 나오거든."

나는 깜짝 놀랐다.

"벌써 끝까지 다 봤어?"

"당연하지."

라파엘이 아무렇지도 않다는 듯 대답했다.

"세 번 봤어. 그 정도는 봐야 자세히 보이거든."

"아하."

나는 살짝 당황하여 말했다.

"그런데 새미, 웬일이야? 우리 집에 다 오고."

라파엘이 이렇게 물으며 기름 장면을 다시 한 번 보려고 되감았다.

"네 멍청이 애인 레안더가 변심을 해서 따분해졌냐?"

나는 놀라 라파엘을 쳐다보았다. 어떻게 알았을까? 아무도 관심
이 없는데. 레안더와 내가 같이 놀지 않는다는 사실을, 라파엘은 알
고 있었다.

"네 애인이 그 빨강 머리하고 노느라 정신이 빠져서 너희들의 그
뜨거운 우정에 금이 가 버렸잖아."

라파엘이 다 이해한다는 듯 히죽 웃었다. 나는 그를 가만히 쳐다
보았다. 라파엘은 늘 불량배처럼 굴었다. 하는 짓도 더럽고 잔인한
데다 생긴 것도 그렇게 생겼다. 그래도 차림새나 가지고 다니는 물
건들은 전부 비싼 것이었다. 아버지가 판사라서 집에 돈이 많았다.
하지만 부모님이 거의 집에 안 계셔서 라파엘 혼자 있는 시간이 많

은 것 같았다.

"그냥 영화 몇 편 빌릴까 해서……."

내가 웅얼거렸다.

"너 그런 DVD 많잖아. 학교에서 파는 거 말이야."

라파엘의 얼굴이 활짝 폈다.

"포르노 영화 말하는 거야? 진짜?"

나는 당황스러워 말이 안 나왔지만 그래도 고개를 끄덕였다. 라파엘이 헛소리를 잔뜩 늘어놓을 줄 알았는데 의외로 말없이 벌떡 일어나더니 온통 테이프로 휘감아 놓은 큰 상자를 옷장에서 꺼냈다.

"여기 있는 게 다 그거야."

라파엘이 목소리를 낮추어 속삭였다.

"다 있어. 미국 불법 영화까지 없는 게 없지."

라파엘이 의미심장한 눈빛으로 나를 쳐다보았다. 하지만 더 이상 아무 말도 하지 않았다. 라파엘은 갈색 상자에서 조심조심 테이프를 뜯어내고는 내 쪽으로 내밀었다. 나는 어찌할 바 모르고 상자 안을 슬쩍 들여다보았다. 제목만 봐도 내가 여태껏 보던 영화들과는 완전히 달랐다.

"내가 전부 다 있다고 말했지? 자, 어떤 걸 갖고 싶어?"

나는 어깨를 으쓱하고 조심스레 상자를 뒤지기 시작했다.

"DVD 기기가 새로 생겼는데 개시를 해야 할 것 같아서."

"그래?"

라파엘이 말했다.

"그럼 평범한 게 좋겠군. 자, 이거."

그가 내 손에 DVD 한 장을 쥐어 주었다.

"또 이거, 이거, 이거."

"고마워."

내가 말했다.

"고맙긴 뭘, 가격은 20유로야."

라파엘이 말했다.

"아직 단골은 아니지만 너랑 나랑 친구니까 그것만 받을게."

"그냥…… 빌려주면 안 돼?"

하나 마나 한 소리라는 것을 잘 알면서도 나는 이렇게 물었다. 라파엘이 냉혹한 장사꾼이라는 소문은 이미 학교에 파다했다. 라파엘은 제일 친한 친구인 알료샤한테도 절대 공짜로 물건을 주지 않는다. 알료샤도 반드시 돈을 주고 사야 한다. 라파엘은 씩 웃으며 고개를 저었다.

"살 것이냐, 안 살 것이냐. 새미, 그것이 문제로다."

그가 다정하게 말했다. 나는 DVD를 샀다.

―――――

라파엘의 영화들을 들고 와서 엄마한테 들키지 않을 안전한 장소를 찾고 있는 내 모습이 처음엔 한심했다. 결국 나도 라파엘처럼 옷

장에 집어넣었다. 그래 봤자 얇은 DVD 네 장이다. 엄마가 발견할
리 없었다. 밤에 거실로 내려갔더니 엄마가 말했다.

"새미, 이제부터는 네 빨래 개서 계단에다 놓아 둘게. 네가 가지
고 올라가."

"왜?"

내가 놀라서 물었다.

"오르락내리락하려니까 힘들어서 그렇지."

엄마가 미안한 표정을 지으며 말했다.

"요즘 들어 무릎이 영 시원찮기도 하고."

나는 고개를 끄덕이고 다시 내 방으로 올라갔다. 새 방, 나만의
고독 속으로. 내 방은 다락방이었다. 그 층엔 나 혼자밖에 없었다.
나는 문을 살짝 닫고 떨리는 손으로 문을 잠갔다. 그리고 라파엘의
영화를 보았다. 밤새도록.

그로부터 며칠 후 라파엘에게서 전화가 왔다.

"새미, 너네 집 이사했네?"

라파엘이 놀란 목소리로 말했다.

"예전 집으로 전화했더니 번호가 바뀌었더라고."

"웬일이야?"

내가 놀라 물었다. 라파엘은 한 번도 내게 전화를 한 적이 없었
다. 더구나 새집으로 이사 온 후 처음으로 받아 보는 전화였다.

"다른 영화 안 보고 싶은지 궁금해서 전화했지."

"다른 영화?"

내가 소리 죽여 물었다.

"응. 똑같은 거 계속 보기 질리지 않아?"

순간 나는 움찔하며 레안더를 생각했다. 내가 라파엘한테서 포르
노 영화를 사 본다는 걸 알면 레안더가 뭐라고 할까? 레안더, 그러
니까 왜 날 버리고 간 거야? 나는 가만히 내 마음의 소리에 귀를 기
울였다. 아주 잠깐 찰리와 카를로타가 떠올랐다. 하지만 아무런 감
흥이 없었다. 좋은 감정과 슬픈 감정, 절망과 두려움, 찰리에 대한
사랑, 카를로타를 향한 열정은 아주 또렷하게 기억이 났다. 그러나
그뿐이었다. 그 이상은 아무런 느낌이 없었다. 신종 전염병인가?
감정 실종 병? 진짜 병이라면 왜, 어째서 내가, 하필이면 내가 그
병에 걸렸을까?

"그래, 몇 개 더 살게."

내가 들뜬 목소리로 말했다.

"좋아. 뭐 특별히 원하는 게 있어? 진짜 뜨거운 건 어때?"

"잘 모르겠어."

내가 웅얼거렸다.

"만날 따분한 아저씨 섹스만 볼 거야?"

라파엘이 웃으며 물었다.

"잘 모르겠어."

나는 다시 웅얼거렸다.

"내 말대로 해. 원하는 개수만 말해 주면 내가 아주 재미있는 걸로 골라 줄게. 오케이?"

"그래."

"그럼 몇 개?"

라파엘이 유능한 장사꾼처럼 물었다.

"이번에도 네 개로 하지 뭐."

내가 웅얼거렸다.

"좋아. 오늘 저녁에 잠깐 들러서 갖다 줄게. 뜨거운 밤을 보낼 수 있을 거야."

나는 알았다고 대답하고 떨리는 손으로 전화를 끊었다.

레안더가 들려주는 이야기

우정에 대하여

어디서부터 시작해야 할지 모르겠다. 사실은 무엇을 이야기할 수 있을지도 잘 모르겠다. 죄책감이 들기도 하지만 안 들기도 한다.

예전에 새미와 나는 친한 친구였다. 정말로 오랜 친구 사이였다. 우리의 우정은 2학년 때 시작되었다. 우리 집이 이곳으로 이사를 온 후부터였다. 낯선 집도 적응이 잘 안 되었지만 무엇보다 아는 사람 하나 없는 낯선 학교에 가야 하는 것이 정말 죽기보다 싫었다.

그런데 전학 온 첫날, 선생님이 나더러 새미 옆에 앉으라고 하셨다. 사무엘, 그러니까 새미는 수줍음이 많고 겁도 많은 아이였다. 특출하게 공부를 잘하는 것도 아니고 운동을 잘하는 것도 아닌, 별로 눈에 띄지 않는 평범한 아이였다. 아마 내가 전학 오기 전까지 아무도 같이 놀아 주지 않았던 것 같았다.

어쨌든 우리는 친구가 되었다. 우리 부모님이 워낙 바쁘고 시간이 없었기 때문에 나는 학교가 끝나면 자주 새미네 집으로 놀러 갔다. 우리 엄마, 아빠는 두 분 다 변호사라서 이곳으로 이사를 와서 변호사 사무실을 차렸다. 새미의 엄마 역시 간호사였기 때문에 대부분 집에 안 계시거나 침실에서 죽은 사람처럼 주무시고 계실 때가 많았다. 하지만 새미의 외할머니와 외할아버지는 우리가 좋아하는 음식으로 늘 맛난 점심을 차려 주셨다. 혹시 학교에서 다쳐서 무릎에 상처라도 나면 굉장히 속상해하며 약을 발라 주셨다.

학년이 올라가면서부터는 새미네 집에 가도 우리끼리 알아서 밥을 차려 먹었다. 우리는 둘도 없는 친구 사이가 되었고, 새미는 나와 둘이 있을 때는 무척이나 쾌활했다. 장난도 잘 쳤고 짓궂은 짓도 곧잘 했다. 그러나 오로지 나랑 둘이서만 놀려고 했다. 거의 집착처럼 나한테만 매달렸다. 그것이 가끔 부담스럽고 싫을 때도 있었다.

"크누트한테 전화해서 같이 숲에 가자고 물어볼까?"

가끔 나는 이렇게 새미의 마음을 떠보기도 했다. 그럴 때마다 새미는 짜증을 내며 고개를 저었다.

"왜? 크누트도 괜찮은 애야."

그렇게 말해도 새미는 고집을 꺾지 않았다.

"싫어."

그럼 나는 결국 새미의 뜻을 따랐다. 매번 내가 포기했다. 왜 그랬는지, 이유는 사실 나도 잘 모르겠다. 언젠가부터 나는 우리 사이가 너무 가까워 살짝 겁이 났다. 이러다 우리가 동성애자가 되는 건 아닐까? 무서웠다. 그건 새미한테 아빠 이야기를 물어보면서 시작된 일이었다. 새미의 아빠가 돌아가신 건 진즉부터 알고 있었지만 언제, 왜 돌아가셨는지는 몰랐다. 그래서 그날 처음으로 새미한테 물어봤다. 처음에 새미는 이야기하지 않으려고 했다. 아빠의 사고 이야기라면 너무 많이 들어 넌더리가 난다고 했다. 그렇지만 결국에는 모든 얘기를 털어놓았다. 날이 제법 어둑어둑했고 우리는 나란히 침대에 누워 있었다. 아니 아니, 새미는 자기 침대에, 나는 바닥의 에어 매트리스에 누워 있었다는 말이다.

새미가 이야기를 하기 시작했다. 그 끔찍한 사고 현장에 있었으면서 아무것도 기억할 수 없다는 사실에 새미는 너무 비통해했다. 또 자기가 연기를 들이마셔 벌에 쏘인 것처럼 울었는데 아무도 자기를 거들떠보지 않았다는 사실에 무척 흥분했다. 그리고 불 꿈 이야기를 털어놓았다. 불이 나는 꿈을 자주 꾼다고, 그 꿈을 꾸고 나면 정말로 마음이 안 좋다고.

"어떤 꿈에서는 네 몸에 불이 붙었어."

새미가 나지막이 말했다.

"얼마나 끔찍하고 무서웠는지 몰라."

그러더니 새미가 울었다. 우리는 어두운 방에 한참 동안 손을 잡고 누워 있었다. 새미가 내가 누운 에어 매트리스로 와서 내 옆에 누웠다. 나한테 꼭 붙어서. 우리는 그날 일을 한 번도 입에 올린 적이 없다. 그게 언제였는지도 정확히 기억이 안 난다. 그래도 몇 살 때였는지는 안다. 열세 살 때였다. 그날 이후 우리는 같이 수음을 하기 시작했다. 밤에, 새미의 방에서.

그 모든 것이 섬뜩했다. 아니, 수음을 말하는 것이 아니다. 새미가 들려주었던 이야기들이 그랬다는 말이다. 한번은 새미가 또 불꿈을 꾸었다고 말했다. 크누트가 불에 타는 광경을 지켜보았다고 했다. 그런데 그 말을 하면서 새미는 재미있다는 듯 웃었고, 나는 흠칫 놀라 얼른 다른 이야기를 꺼냈다.

새미는 학교에서 어땠을까? 흔히 말하는 왕따는 아니었다. 어쨌거나 새미는 나와 친구였으니까. 하지만 다른 아이들은 새미에게 전혀 관심이 없었다. 새미는 키가 작고 말랐다. 아마 반 전체 남자아이들 중에서 제일 몸이 허약했을 것이다. 그런데도 지금 생각해보면 그 애에겐 상대를 자기 뜻대로 움직일 수 있는 힘이 있었던 것 같다. 나는 새미 말이라면 꼼짝도 못했다. 같은 반이었던 파트리샤라는 아이가 나한테 반했다며 고백한 적이 있었다. 그 말을 듣고 새미는 무척 화를 냈다. 사실 나도 파트리샤가 마음에 들었지만 새미가 워낙 화를 내는 바람에 사귀지 못했다. 하지만 파트리샤와의 일이 있고 난 후 적어도 내가 동성애자는 아니라는 확신이 들어 안도했다.

그러던 어느 날엔가 프란츠가 우리 반으로 전학을 왔다. 백러시아(현재 벨라루스로 국가명이 바뀜 – 역주)에서 온 프란츠 보로비코프스키. 부모님이 독일 사람이어서 독일로 이민을 왔지만 아마 자신이 태어나고 자란 고향 마을을 떠나고 싶지 않았을 것이다. 전학 왔을 당시 프란츠는 독일어를 거의 못했고 표정도 늘 어두웠다. 그런데 안 그래도 힘든 프란츠를 라파엘이 괴롭히기 시작했다. 그 녀석이 프란츠에게 한 나쁜 짓들이 전부 기억나지는 않지만 정말 온갖 방법으로 프란츠를 괴롭히고 왕따시켰다. 그러다 하루는 내가 그 꼴을 보고 완전히 꼭지가 돌았다. 처음 그 모습을 발견한 건 사실 크누트였다. 라파엘이 프란츠를 옛날 체육관 뒤로 불러서 옷을 전부 다 벗으라고 하는 장면을 목격한 것이다.

"어이, 러시아. 어때? 팬티는 면제해 줄까? 이 러시아 새끼야."

그래 놓고 라파엘 패거리는 자기들끼리 낄낄거렸다. 우연히 크누트가 그곳을 지나가는 참이었다. 평소 인적이 뜸한 곳이었다. 체육관을 새로 지었기 때문에 옛날 체육관에 사람이 올 일이 없었다. 라파엘은 혼자가 아니었다. 라파엘과 어울려 다니는 알료샤와 크리스티안까지 프란츠를 에워싸고 협박을 하고 있었다. 크누트는 얼마 전 팔에 깁스를 한 상태라 어찌할 바를 모르고 씩씩거리다가 마침 새미네 집에 가려고 자전거에 올라타려던 나를 보았다.

크누트는 내게 도움을 청했고 우리는 힘을 합쳐 프란츠를 도와주었다. 나 때문에 재미를 못 봐서 잔뜩 부아가 난 라파엘이 주먹으로 내 입을 쳤고, 그 바람에 입술이 터지면서 피가 철철 났다. 피를 본 라파엘과 알료샤, 크리스티안은 놀라 도망을 쳤고 나는 후들거리는 무릎으로 자전거에 올랐다. 크누트도 몹시 걱정스러운 표정으로 집으로 돌아갔다. 크누트는 의협심이 강한 아이다. 그래서 그런 꼴을 보면 참지 못하고 분노한다.

"괜히 너까지 끌어들였나 봐. 미안해."

헤어지면서 크누트가 시무룩한 목소리로 말했다.

"아냐. 괜찮아."

내가 우물거렸다. 프란츠는 쫓기는 닭처럼 겁에 질려 해쓱한 얼굴로 달려갔다. 프란츠는 새미보다 키가 살짝 더 작았고 몸도 허약했다. 그래서 누구보다도 새미가 프란츠의 심정을 잘 이해할 것 같았지만 새미는 친구를 원하지 않았다. 나 빼고는 누구도.

———————

그 무렵 카를로타가 나타났다. 그리고 새미와 나의 우정은 끝났다. 나는 새미도 카를로타를 좋아한다는 사실을 알고 있었다. 새미는 카를로타를 그냥 좋아하는 정도가 아니라 무지무지하게 좋아했다. 카를로타가 옆에 있으면 어쩔 줄을 몰랐다. 그러다 날이 갈수록 얼굴이 창백해지고 말이 없어졌으며 무서워졌다. 눈 밑의 다크서클도 장난이 아니었다. 새미가 카를로타를 그해 여름에 처음 만났고 카를로타의 마음을 얻지 못해 죽을 만큼 괴로워하고 있다는 걸 나는 알고 있었다.

오랜 친구인 새미의 고통을 내가 몰랐을 리 없다. 그러나 내 감정도 중요했다. 카를로타는 파트리샤와는 차원이 달랐다. 이번에는 새미의 뜻대로 할 수가 없었다. 물론 새미한텐 미안했다. 정말 이루 말할 수 없이 미안했다. 하지만 그 마음을 외면하려고 나도 무진 애를 썼다. 사실 처음부터 카를로타를 좋아했던 것은 아니었다. 아마 새미는 그 때문에 더 괴로웠을 것이다. 나와 달리 카를로타를 보자마자 첫눈에 반했으니까 말이다.

원래 나는 빨간 머리를 별로 좋아하지 않았다. 딱히 이유는 없었지만 그냥 꺼림칙했다. 빨간 머리, 창백한 피부, 엄청난 주근깨. 빨간 머리들은 얼굴에만 주근깨가 있는 게 아니다. 팔에, 손에, 다리에, 발에도 주근깨가 송송 박혀 있다. 카를로타는 심지어 가슴에도 주근깨가 있다. 하지만 요즘 나는 카를로타와 상관없이 빨간 머리 여자가 좋아졌다. 물론 그중에서도 카를로타가 제일 좋다.

새미가 카를로타에게 첫눈에 반했듯 카를로타는 내게 반했다. 나를 처음 본 순간 마법에 걸린 듯 끌렸다고 했다. 그래서 더욱 이번만큼은 새미가 원하는 대로 해 줄 수가 없었다. 결국 카를로타와 나는 커플이 되었다. 그렇다고 해서 내가 새미를 귀찮은 파리처럼 쫓아 버리고 싶었다는 뜻은 절대 아니다. 나는 여전히 새미를 좋아했다. 그러나 새미는 더 이상 나를 좋아하지 않았다. 그렇게 오랜 시간 우리를 하나로 묶어 주었던 우정의 끈에 내가 먼저 칼을 댔다는 사실을 그 애는 용서하지 않았다. 칼을 댔지만 끊어 버린 것은 아니었는데도 말이다. 정작 끊어 버린 쪽은 새미였다. 나는 어떻게든 새미와 다시 잘해 보려고 굉장히 노력했지만 나를 바라보는 새미의 얼굴은 둘도 없는 원수라도 보는 것 같았다. 시간이 가면서 그 애는 점점 더 섬뜩해졌다.

그러던 차에 찰리가 죽었다. 그 소식을 듣고 얼마나 마음이 아팠는지 모른다. 착한 개, 늙은 개 찰리. 찰리는 최고의 개였다. 소식을 전해 준 사람은 카를로타였다. 카를로타가 가끔씩 봐 주었던 소피아라는 아이가 알려줬다고 했다. 소피아에겐 나이 차이가 많이 나는 아누쉬카라는 언니가 있는데 찰리가 차에 치이는 현장에 그 애도 있었다고 했다. 그런데 카를로타는 찰리가 죽었을 때 새미의 반응이 정말 이상했다고 말했다.

"그게 무슨 말이야?"

내가 인상을 찌푸리며 물었다.

"소피아네 언니가 그랬는데 새미가 그냥 어깨만 으쓱하더니 집으로 들어가 버렸대."

카를로타가 말했다.

"거짓말 아냐?"

나는 믿을 수가 없어 다시 물었다.

"새미가 찰리를 얼마나 좋아했는데."

그날 카를로타와 그런 대화를 나누고 나서 나는 무척 기분이 언짢았다. 그래서 새 학기가 되면 무슨 수를 써서라도 새미와 다시 잘 지내봐야겠다고 결심했다. 하지만 여름 방학이 끝나고 학교에 갔을 때 새미는 혼자가 아니었다. 얼굴에 맴돌던 침통한 표정도 사라졌다. 친구가 생겼기 때문이다. 바로 라파엘이었다.

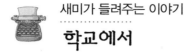

새미가 들려주는 이야기
학교에서

엄마와 콘라트 아저씨가 이삿짐을 정리하는 동안 나는 라파엘이 준 영화를 보았다. 두 사람이 다락방으로 올라오는 일이 없자 나는 점점 대담해졌다. 이제는 라파엘한테서 산 영화를 볼 때 아래층 소리에 귀를 곤두세우지도 않았다. 그냥 내 방문만 잠그면 마음이 편해졌다. 방은 너무 어두운데 비스듬한 지붕창 너머 하늘이 너무 환해 한 번씩 고개를 들고 위를 쳐다볼 때마다 눈살이 절로 찌푸려졌다. 하지만 해는 통 나오지 않았다. 연일 계속되는 비가 유리창을 때려 제멋대로 무늬를 만들었다. 까마귀 몇 마리가 지붕 위에서 까악까악 울어 댔다. 나는 그놈들을 노려보았다. 저 멍청한 놈들이 계속 내 머리 위에 철퍽철퍽 더러운 똥을 싸 댔다. 창문이 있어 내 머리에 직접 떨어지지는 않았지만 그래도 기분은 더러웠다.

"저 새끼들이 어디다 설사를 해 대고 지랄이야? 창문 맞추기 대회라도 열었어?"

나는 창문에다 대고 괜한 화풀이를 했다. 그러거나 말거나 까마귀들은 **뻔뻔한** 표정으로 까악까악 울었다. 나는 운동화를 집어 창을 향해 던지고는 새 영화를 틀었다. 처음에는 낮에 포르노를 보면 밤에 볼 때보다 재미가 덜하지 않을까 생각했다. 하지만 틀렸다. 낮에 볼 때가 더 흥분되었다. 사실 이 얼마나 스릴 있는 상황인가. 전화 소리, 요리하는 소리, 아저씨와 엄마가 이야기하는 소리, 가끔씩 놀러 오는 아저씨의 둘째 딸 소피아가 심통 부리는 소리……. 이렇게 엄마와 콘라트 아저씨가 아래층에서 내는 온갖 생활 소음을 들으면서 야한 영화를 보다니!

나는 영화 한 편을 보면서도 몇 번이나 자위를 했다. 한 편이 끝나면 곧바로 다른 영화를 틀었고, 그럼 다시 흥분이 되었다. 결국 여름 방학이 끝날 무렵 고추에 탈이 났다. 처음에는 그냥 빨갛기만 했는데 계속 괴롭혔더니 살갗이 벗겨졌고, 어느 날 아침 눈을 떠 보니 그 자리에 딱지가 앉고 안에 고름이 차 있었다. 당분간 건드리면 안 될 것 같았다. 그런데도 자꾸만 흥분이 되었고, 그러면 제대로 걸을 수도 없었다.

새 학기가 시작되기 전날 아누쉬카가 우리 집으로 이사를 왔다. 아니, 엄밀히 말하면 아직 완전히 이사를 온 것은 아니었다. 아누쉬카가 콘라트 아저씨한테 악을 쓰면서 몰아세운 탓에 아저씨가 허둥지둥 새집의 방 두 개를 아누쉬카와 소피아를 위해 꾸며 주겠다고 약속한 모양이다.

엄마는 많이 속상한 것 같았다. 원래 엄마의 서재로 쓸 방이었는데 콘라트 아저씨가, 물론 '당분간'이라는 말을 잊지는 않았지만 어쨌든 딸들에게 줘 버렸으니 말이다. 처음에 이사를 왔을 때는 벽지도 하얗고 가구도 없어서 집이 엄청나게 크다고 생각했다. 그런데 지금은 다시 비좁게 느껴졌다. 나는 늘 어떻게든 핑계를 대고 내 다락방으로 도망을 쳤다.

집에 아무도 없을 때가 나는 제일 좋았다. 집 안 공기를 나 혼자 다 들이마실 수 있을 것 같았다. 그렇지만 콘라트 아저씨가 퇴근을 해서 거실 소파에 신문을 펴고 앉으면 나는 말없이 다락방으로 올라갔다. 콘라트 아저씨는 집에 있기만 해도 정말로 많은 공간을 차지했다. 도무지 적응이 되지 않았다.

———

"사무엘, 일어났니?"

어느 일요일 아침 콘라트 아저씨가 소리 죽여 나를 불렀다. 밤 근무를 마치고 퇴근을 하자마자 내 다락방으로 올라온 것이다. 손목시계를 보니 9시였다. 이 시간에 퇴근을 한 것을 보니 지난밤의 출산이 난산이었던 모양이다. 나는 짜증을 내며 벌떡 일어났다. 어젯밤에 깜빡 잊고 방문을 잠그지 않았나 보다. 몸을 움직일 때마다 통증이 밀려왔다. 아직 염증이 다 가라앉지 않았는데도 그것이 영락없이 꼿꼿하게 발기해 있었다.

"사무엘?"

다시 한 번 노크 소리가 들리더니 콘라트 아저씨가 문을 열었다.

"왜요?"

나는 퉁명스럽게 물으며 이불 속으로 기어들어 갔다.

"이야기 좀 하자."

콘라트 아저씨가 이렇게 운을 떼더니 한참 동안 말없이 비스듬한 유리창에 달라붙은 새똥을 쳐다보았다. 검정에 가까운 칙칙한 색깔에다 끈적거리는 것이 작게 뭉친 소똥 같았다.

"저게 뭐니?"

콘라트 아저씨가 물었다.

"까마귀가 설사한 거예요."

나는 심드렁하게 대꾸했다.

"아님 원래 까마귀들은 똥을 저렇게 싸는 건지……."

"청소를 해야겠구나."

콘라트 아저씨가 말했다.

"열심히 해 보세요."

내가 말했다. 우리는 서로를 바라보았다. 콘라트 아저씨의 눈동자가 지쳐 보였다. 내게서 엄마와 외할머니 댁의 그 다락방, 그리고 찰리를 빼앗아 가지 않았더라면 나는 저 아저씨를 좋아할 수 있었을까? 어쨌거나 아저씨가 하필이면 우리랑 같이 살고 싶어졌다니 참 희한한 일이다. 늘 과로와 스트레스로 피곤에 절어 있는 우리 엄마와 아무것도 안 하고 빈둥거리면서 분위기나 망치는 나 같은 아이하고.

콘라트 아저씨의 시선이 내 방을 훑고 있었다. 나는 짜증이 났다. 이 아저씨가 지금 뭐하는 거야? 아빠 노릇이라도 하겠다는 거야? 아니면 감시꾼? 그 순간 라파엘의 DVD를 다시 옷장에 넣어 두지 않았다는 생각이 번쩍 들었다. DVD는 기계 위에 놓여 있었다. 콘라트 아저씨는 여전히 두리번거렸다. 머릿속으로 이 삐뚤빼뚤한 다락방을 어떻게 하면 잘 나누어서 아누쉬카와 소피아에게 한구석 떼어 줄 수 있을까 계산하는 중이었다. 하지만 그때만 해도 나는 아직 그 사실을 몰랐다.

"뭐하세요?"

나는 이렇게 물으며 속으로 콘라트 아저씨가 DVD를 못 보고 얼른 나가 주기를 바랐다. 하지만 안타깝게도 행운의 여신은 내 편이 아니었다.

"이게 뭐냐?"

콘라트 아저씨가 당황하여 물었다.

"이런 걸 본단 말이야?"

나는 아무 말도 하지 않았다.

"사무엘, 이건 너무 심하잖아."

콘라트 아저씨가 중얼거리며 네 장의 DVD를 차례차례 살폈다.

"정말 이런 걸 보니?"

아저씨가 물었다. 한심한 질문이었다. 그럼 내가 DVD로 밥이라도 지어 먹을 줄 알았나?

나는 이번에도 입을 꾹 다물었다.

"너무 잔인해. 어른이 보기에도 수위가 높은 것을 어린애가."

콘라트 아저씨가 고개를 저으면서 나를 한심하다는 눈으로 쳐다 보았다.

"네 엄마도 너의 이런 취미 생활에 대해 당연히 모르겠지?"

나는 침묵했다. 콘라트 아저씨가 말없이 DVD를 들고 아래층으로 내려갔다.

―――――

사방이 불바다였다. 불이 타고 또 탔다. 나는 절망스러운 심정으로 이리저리 날뛰었다. 구출해야 할 사람이 있었기 때문이다. 그런데 그게 누구지? 아무리 생각해도 떠오르지 않았다. 불이 얼굴로 확 달려드는 바람에 나는 얼굴을 보호하려고 고개를 돌렸다. 그때 레안더가 불이 붙은 채 나타났다. 옆에 카를로타가 서 있었다. 그녀의 붉은 머리카락에도 불길이 옮겨 붙어 화려한 색깔을 뽐내며 타올랐다. 외할머니와 외할아버지도 온몸에 불이 붙어서 내 곁을 지나가셨다. 외할머니는 잠옷 차림에 손에는 커피 잔을 들고 계셨다. 그 잔에서 삐져나온 티백의 실이 불에 붙어 덜렁거렸다. 외할아버지는 외할머니에게 몹시 화가 났는지 외할머니의 잠옷을 찢으며 소리치셨다.

"찻숟가락을 쓰라고, 찻숟가락을⋯⋯."

그러다 갑자기 엄마와 콘라트 아저씨가 나타났다. 불꽃을 사방으로 흩뿌리는 알록달록한 불길에 휩싸여 크리스마스 양초 모양이 된 콘라트 아저씨가 노래를 불렀다.

"울라, 내 아내가 되어 주겠어요?"

엄마도 노래로 대답했다.

"난 당신을 사랑하지 않아. 사랑하지 않아. 그냥 혼자 살기가 싫을 뿐이야⋯⋯."

나는 몽롱한 정신으로 불이 붙은 아빠를 기다렸다. 아빠야말로 몸에 불이 붙은 사람일 테니까. 아빠야말로 이런 말도 안 되는 짓을 시작했던 사람이니까. 그런데 아빠는 어디 갔을까? 아무리 목을 빼고 기다려도 아빠는 오지 않았다. 대신 찰리가 온몸에 불이 붙은 채 왈왈 짖다가 낑낑대면서 콘라트 아저씨의 자동차 뒤에서 나를 근심 어린 표정으로 쳐다보았다. 신기하게도 갑자기 개의 말을 알아들을 수 있을 것 같았다. 하지만 찰리는 알아들을 수 없는 소리만 짖어 댔다.

"뭐라고 하는 거야?"

내가 화가 나서 소리쳤다. 찰리가 더욱 세차게 짖었다.

"알아듣게 말해. 왜 내가 나를 구해야 해? 찰리, 무슨 말인지 알아듣게 설명해 봐. 난 잘 지내고 있어."

그러다가 놀라 화들짝 깨어났다. 나는 한참 동안 울적한 마음으로 더러운 천장 유리창을 쳐다보았다. 이상하게도 엄마는 영화 이야기를 꺼내지 않았다. 그날도, 그 후로도 아무 말이 없었다. 은근히 걱정하고 있었는데 다시 마음이 가벼워졌다. 하지만 울적한 기분은 나아지지 않았다. 주변 환경도 도무지 마음에 들지 않았다. 아누쉬카는 집으로 와서 아예 눌러 살았다. 비 내리는 정원이 내다보이는 1층의 작은 방을 차지했다. 소피아도 자기 엄마가 할 일이 있다면서 토요일마다 우리 집에 왔다. 엄마와 콘라트 아저씨는 하는 수 없이 주말에 장을 보러 갈 때 소피아를 데리고 다녀야 했다.

"집에 있어. 언니도 있고 새미도 있잖아."

어느 날은 콘라트 아저씨가 좀 짜증이 났는지 소피아에게 애원했다.

"네가 안 따라가면 훨씬 빨리 끝낼 수 있어. 가뜩이나 마트에 사람도 많은데."

"같이 갈 거야."

소피아가 고집을 꺾지 않았다.

"갈 거야. 갈 거야. 갈 거야."

"마트에 갔다가 차에 기름 넣고 올 거야. 놀이공원 가는 게 아니라고. 따라가 봤자 너도 재미없잖아, 그렇지?"

"아빠가 그 여자하고 같이 나갈 때는 꼭 따라가야 한다고 그랬어, 엄마가."

소피아가 귀를 찢을 듯 소리 질렀다.

"그래. 엄마가 그랬단 말이지."

콘라트 아저씨가 말했다.

"응. 나는 아빠 딸이지만 그 여자는 그냥 아빠 병원의 멍청한 간호사……."

"소피아!"

아저씨가 흥분하여 고함을 질렀다.

"그냥 둬요. 다섯 살짜리 애예요. 애가 뭘 알겠어요?"

엄마가 말했다.

"나도 알아."

소피아가 새된 목소리로 말했다.

"아줌마는 아빠 병원의 멍청한 간호사고 우리 아빠를 뺏어 갔어. 그래서 난 아줌마가 미워. 너무너무 밉단 말이야. 언니도 아줌마 미워해."

나는 계단참에 서서 이 소동이 벌어지는 소리를 다 들었다. 저 버르장머리 없는 계집애 같으니. 왜 입을 틀어막지 않는 거야? 드디어 콘라트 아저씨와 엄마가 소피아를 데리고 집을 나섰다. 차가 떠나는 소리가 들리자 나는 아래층으로 내려와 작은 방의 문을 벌컥 열었다. 아누쉬카는 침대에 앉아 손톱에 매니큐어를 칠하는 중이었다.

"노크도 할 줄 몰라? 왜 남의 방에 함부로 들어오고 그래?"

그녀가 짜증스러운 표정으로 쳐다보았다.

"싸가지 없는 네 동생, 입 좀 틀어막을 수 없어?"

내가 소리 질렀다.

"미쳤어?"

아누쉬카가 나를 째려보았다.

"왜 둘 다 안 나가는 거야? 여기 뭐 뜯어먹을 거라도 있어?"

아누쉬카의 표정이 더 살벌해졌다.

"안타깝게도 이 집 주인이 우리 아빠거든. 이 집은 아빠가 우리 돈으로 산 집이고. 그러니까 이 집은 소피아랑 내 거야. 근데 왜 네가 여기서 살아? 내 말이 이해가 안 돼? 가서 엄마 젖 좀 더 먹든지."

나는 흠칫 놀라 입을 다물었다.

"아하, 몰라? 모르면 할 수 없지."

아누쉬카가 어깨를 으쓱하더니 다시 느긋하게 매니큐어를 발랐다.

"네가 왜 여기서 어슬렁거리는지 나는 알아. 네가 네 한심한 엄마의 한심한 자식새끼기 때문이지. 이유는 모르겠지만 우리 아빠가 우리 엄마보다 더 침대로 끌어들이고 싶어 하는 그 한심한 여자의 자식이라서야."

"말조심해!"

내가 소리 질렀다.

"네가 그럼 내가 겁먹을 거 같아?"

아누쉬카가 같잖다는 듯 나를 쳐다보았다.

"두고 봐. 후회하게 될 테니까."

나는 이를 갈며 내 방으로 돌아갔다.

———————

학교에서 이제 나는 라파엘의 옆자리에 앉았다. 라파엘의 친구들인 알료샤와 크리스티안이 같은 반이 아니어서 다행이었다. 하지만 여전히 혼자 앉는 아이가 있었다. 바로 프란츠였다.

이민자 프란츠. 빼빼 말랐고 겁이 많은 녀석. 한 무더기의 여자 형제들과 뚱뚱한 엄마, 역시나 깡마르고 겁이 많아 보이는 아빠. 프란츠네 가족은 가난한 사람들이 모여 사는 동네의 작은 집에서 살았다. 예전에는 그 동네에 터키나 그리스에서 온 이민자들이 살았는데 요즘은 러시아나 폴란드에서 온 사람들이 산다고 했다. 다 라파엘한테 들어서 알게 된 사실이다.

"우리 언제 날 잡아서 저 러시아 새끼 한번 족칠라고."

수학 시간에 라파엘이 속삭이면서 의미심장한 미소를 지었다.

"우리, 누구?"

나도 속삭였다.

"누구긴 누구야. 알료샤하고 크리스티안하고 나지."

그러면서 라파엘이 나를 쳐다보았다.

"너도 끼고 싶으면 끼든지."

우리의 시선이 마주쳤다. 라파엘의 얼굴에 깔보는 듯한 표정이 서려 있었다.

"라파엘 조벨."

수학 선생님이 라파엘을 불렀다.

"짝꿍하고 떠드는 건 쉬는 시간에 하는 게 어때?"

라파엘이 웃었다.

"네, 그럴게요."

"좋아. 그럼 앞으로 나와서 이 문제 풀어 봐."

라파엘이 고개를 끄덕이고 칠판 앞으로 나가 문제를 풀었다.

"아주 잘했어요."

수학 선생님이 흡족한 표정을 지었다. 라파엘은 자기 자리로 돌아왔다.

"나도 할게."

나는 얼른 속삭였고 라파엘이 고개를 끄덕였다.

"잘 생각했어. 하지만 망치면 안 돼."

나는 고개를 끄덕였다. 기분 좋은 흥분이 가슴을 훑고 지나갔다. 라파엘은 프란츠를 어떻게 하려는 걸까? 고개를 돌려 프란츠를 쳐다봤다. 창백한 얼굴로 정신을 집중하여 칠판을 쳐다보고 있었다. 하지만 손가락이 한시도 가만히 있지 않고 책상 모서리를 왔다 갔다 했다. 틱이었다. 프란츠는 자기도 모르게 책상에서 상상의 피아노를 연주했다. 그 애가 전학을 왔을 때 담임 선생님이 프란츠를 소개하면서 음악적 재능이 뛰어나고 피아노를 정말 잘 친다고 말했다. 아마 대단한 피아니스트가 될 거라고 했던가. 나는 두근거리는 가슴으로 프란츠의 창백하고 긴장된 얼굴과 겁먹은 눈동자, 꽉 다문 입술을 살폈다. 가느다란 손가락들이 돌진했다. 톡 톡 톡톡톡…….

"프란츠."

수학 선생님이 짜증을 담은 목소리로 그의 이름을 불렀다. 프란츠가 화들짝 놀라더니 양손을 얼른 책상 밑으로 감췄다.

"죄송합니다."

프란츠가 웅얼거렸다.

"앞으로 나와서 마지막 문제 풀어 봐."

프란츠가 앞으로 걸어 나가다가 제 발에 걸려 비틀거렸고 넘어지지 않으려고 칠판을 꽉 붙잡았다. 칠판에 손가락이 닿아 자국이 생겼다.

"프란츠, 뭐하니? 어서 풀어."

수학 선생님이 재촉했다. 하지만 프란츠는 문제를 풀지 못했다. 알아보지 못할 숫자를 몇 개 삐뚤빼뚤 썼다가 지우개로 다시 지우기만 했다.

"저는…… 못 알아……듣습니다, 들었습니다."

프란츠가 더듬거리며 말했다.

"오른쪽을 봐."

수학 선생님이 말했다. 오른쪽엔 라파엘이 푼 문제와 정답이 적혀 있었다.

"라파엘처럼 해 봐. 라파엘처럼 풀면 돼."

하지만 프란츠는 풀지 못했다.

"러시아 새끼."

라파엘이 살짝 목소리를 키워 욕을 퍼붓자 나도 모르게 웃음이
터졌다. 나는 그만 큰 소리로 웃고 말았다. 브리타도 따라 웃었다.
하지만 다른 아이들은 모두 조용했다. 프란츠가 죄인처럼 자기 자
리로 돌아가더니 새로운 곡을 연주하기 시작했다. 톡 톡 톡톡톡, 손
가락들이 겹쳐 보일 정도로 빨랐다.

종이 울렸다. 교실 밖으로 나가려는데 레안더가 화난 표정으로
나를 노려보았다. 그의 시선이 등을 찔렀다. 그러나 나는 모르는 척
외면하고 라파엘을 따라 알료샤와 크리스티안의 반으로 놀러 갔다.

우리는 거리를 쏘다니며 학교 욕을 하거나 한심한 짓거리를 하며
시간을 때웠다. 킥킥거리며 일부러 사람들을 밀치고 뒤통수에 대고
욕을 날려 주었다. 저학년 남자애들 두 명을 계속 쫓아갔더니 애들
이 놀란 병아리처럼 달아났다. 우리는 배를 잡고 깔깔거렸고 알료
샤가 새로 문을 연 가게의 유리창에다 오줌을 갈겼다. 가게 주인이
나와 욕을 쏟아 냈지만 그러거나 말거나 모르는 척 계속 가던 길을
걸어갔다. 알료샤는 느긋하게 바지 지퍼를 올리고 담배에 불을 붙
였다.

기분이 이상했다. 라파엘 무리하고 어울리는 것이 좋았지만 왠지

마음 한구석이 편치 않았다. 나 자신이 낯설었다. 애들은 우리 학교에 다니는 여학생 두 명을 만나자 섹스 이야기를 하기 시작했다. 나는 괜시리 마음이 조마조마해 입을 꾹 다물고 있었다. 알료샤는 얼마 전 뜨거운 영화를 봤다며 이야기를 줄줄 늘어놓았다.

입이 바짝바짝 마르고 지난밤에 봤던 영화 생각이 났다. 카를로타 생각도 났다. 예전에는 전혀 다르게 생각했었다. 아름다운 사랑과 낭만을 생각했었다. 근데 어쩌다가 이렇게 되었을까? 왜 이렇게 뒤죽박죽이 되어 버렸을까?

"새미는 분명 숫처녀야."

알료샤가 말하며 히죽 웃었다.

"아냐."

대답은 그렇게 했지만 들킬까 봐 마음이 불안했다.

"숫처녀라니까."

알료샤가 말했다.

"아니라고."

내가 짜증을 냈다. 아이들이 걸음을 멈추었다.

"여자를 잘 안다고?"

크리스티안이 미심쩍다는 듯 물었다. 나는 얼른 고개를 끄덕였다. 라파엘이 야릇한 표정으로 나를 흘깃거렸지만 별말은 하지 않았다.

"증명해 봐."

알료샤가 말했다.

"뭘?"

내가 놀라 물었다.

"여자에 대해 잘 안다며. 증명해 보라고."

크리스티안이 말했다. 그래서 우리는 말도 안 되는 약속을 했다. 찜찜했지만 나는 어쩔 수 없이 동의했다. 집에 가서도 마음이 심란하고 겁이 났다. 그날 밤 나는 라파엘의 영화를 보지 않았다. 하지만 밤새 잠을 제대로 자지 못했다. 온몸이 땀으로 목욕을 한 듯 흠뻑 젖었다. 마음이 편치 않았다.

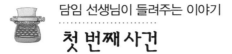

첫 번째 사건

  좀 지난 일이지만 아직도 기억이 생생하다. 아마 월요일이었을 것이다. 새 학기가 시작되고 얼마 안 되었을 때니 둘째 주 월요일이었던 것 같다. 역사 시간이어서 트로이 전쟁에 대해 공부하는 중이었다. 내가 담임을 맡은 9학년 1반은 지극히 평범한 가정의 아이들이다. 남자아이가 열다섯 명, 여자아이가 열 명이다. 휠체어를 타는 아이가 하나 있었지만 애들하고 별 문제가 없었다. 다만 백러시아에서 온 이민 가족 자녀가 하나 있었는데 약간 문제가 있었다. 아직 독일어가 서툰 데다 아무도 안 놀아 주는 왕따였다. 하지만 음악적 재능이 특출했다. 아버지가 음악가에 어머니는 교사였다. 그러나 두 분 다 아직 독일에서 일자리를 구하지 못한 상태였다.

  그 월요일 아침에 일어난 사건은 이랬다. 9시 30분쯤 5학년 담임 선생님이 교장 선생님 칼마노 여사와 함께 우리 교실로 들어왔다. 그 옆에서 깡마르고 약해 보이는 여자아이 하나가 완전히 넋이 나간 얼굴로 훌쩍훌쩍 울고 있었다.

"잠깐 실례하겠습니다."

교장 선생님이 이렇게 말하며 교실 문을 닫고 들어왔다. 수업을 방해하겠다는데 싫다는 학생이 어디 있을까. 아이들이 신이 나서 싱글벙글했다.

"유감스럽게도 큰 문제가 생겼습니다."

5학년 담임 선생님이 침울한 목소리로 말을 꺼냈다. 아이들이 이 말에 도리어 시끌벅적해져서 나는 몇 차례 조용히 시켜야 했다.

"여기 이 5학년 여학생이 오늘 아침 등굣길에 아주 불쾌한 일을 당했습니다."

그녀가 인상을 찌푸리며 다음 말을 찾았다.

"옛날 체육관 뒤편에 있는 오솔길에서 그랬다는데요……."

여자아이가 훌쩍이면서 이미 다 해진 휴지에 연신 손을 닦았다.

"……범인은 네 명이고 9학년이라고 합니다."

아이들이 우- 소리를 질렀다. 다들 중구난방으로 떠들어 대기 시작하자 아무리 조용히 시켜도 소용이 없었다.

"조용!"

참다 못한 교장 선생님이 나섰다.

"조용히 못 해?"

5학년 담임 선생님이 우는 여자아이에게 뭐라고 묻자 그제야 썰물처럼 소음이 빠져나갔다. 교실 안은 긴장감으로 팽팽해졌다. 여자아이는 겁먹은 표정으로 사방을 둘러보면서 계속 훌쩍거렸고 덜

덜 떠는 손으로 눈물을 훔쳤다. 아이가 너무 불쌍했다. 하지만 우리 반 아이들이 이 일에 연루되었다고는 도저히 상상할 수 없었다.

사무엘 베커가 약간 초조해하는 것 같았지만 사무엘은 얌전한 학생이었다. 평소 약간 경직되고 불안해 보이는 편이긴 해도 전혀 눈에 띄는 아이가 아닌 데다 집안 환경도 나쁘지 않았다. 여자아이는 이 반에는 없다고 대답했다. 나는 당연하다고 생각하면서도 안도의 한숨을 내쉬었다.

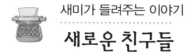

새미가 들려주는 이야기

새로운 친구들

월요일 아침 우리는 작은 공원에서 만났다. 공원 끝에 작은 돌문이 있는데 그 문을 지나면 학교로 가는 샛길이 나왔다. 비를 쫄딱 맞으며 친구들을 기다리는 동안 가슴이 두근거렸다. 하늘은 흐리고 구름이 잔뜩 끼었다. 제일 먼저 크리스티안이 나타났다.

"안녕?"

내가 먼저 인사를 건넸다. 심장이 쿵쿵 뛰었다. 크리스티안과는 한 번도 단둘이 만나서 이야기를 나누어 본 적이 없는 데다 키도 나보다 훨씬 컸고 소문이 별로 안 좋았기 때문이다.

"에잇."

크리스티안이 투덜거리며 손에 든 뭔가를 들여다보고 있었다. 삑삑 소리가 났다.

"그게 뭐야?"

내가 조심스레 물었다. 크리스티안이 나를 빤히 내려다보았다. 빌어먹을, 나는 왜 이렇게 키가 작은 거야?

"새 키우는 게임이야."

그 애가 짧게 대답했다.

"문제가 생긴 것 같은데 뭐가 잘못된 건지 알 수가 있어야지."

나는 입을 다물었다. 저런 건 정말 할 일이 없거나 애완동물을 키우고 싶어 하는 꼬마들이나 가지고 노는 게임인 줄 알았다. 나는 스마트폰의 화면을 열심히 터치하는 크리스티안의 손가락을 초조한 표정으로 쳐다보았다.

"좀 돼라. 아가야, 그만 울어."

그가 계속 투덜거렸다. 약간 불안에 떨리는 목소리였다. 새가 경고하듯 삑삑거렸다. 한참이 지나서야 라파엘과 알료샤가 나타났다. 크리스티안이 조금 안심된다는 표정으로 스마트폰을 재킷 주머니에 집어넣었다.

"새가 아파서."

그가 변명하듯 말했고 우리는 출발했다.

제일 먼저 크누트가 걸어왔다. 클라리넷을 겨드랑이에 끼고서 휘파람을 불며 빗속을 당당하게 걷고 있었다. 우리는 얼른 잡목 뒤로 몸을 감췄다.

"저 새끼는 언제 한번 단단히 혼을 내 줘야 해."

알료샤가 화를 냈다. 다들 고개를 끄덕였다. 나도 따라 고개를 끄덕였다.

"저 새끼 보면 화나지?"

라파엘이 다 안다는 듯 나를 향해 미소를 지으며 물었다.

"네 예전 친구 레안더가 요새 새로 붙어 다니는 놈이잖아."

나는 아무 말도 하지 않았다. 라파엘이 내 마음을 꿰뚫어 보고 있는 것 같아서 살짝 불안했다. 하지만 뭐, 좋은 쪽으로 해석했다. 라파엘은 이제 내 친구니까.

"저기 또 누가 온다."

알료샤가 속삭였다. 나는 흠칫 놀랐다. 한순간 우리가 왜 이 빗속에 서 있는지 잊어버렸기 때문이다.

"쟤는 안 돼."

크리스티안이 말했다.

"왜 안 돼?"

알료샤가 속삭였다.

"아는 애야. 우리 집 근처 제과점 딸이야."

"칫."

라파엘이 중얼거렸다.

"이러다 얼어 죽겠네. 에잇, 비는 또 왜 이렇게 오는 거야? 난 여름이 진짜 싫어."

우리는 한참을 기다렸다.

"종 칠 때 다 됐어."

라파엘이 침울해져서 말했다.

"다 학교 갔어. 올 애가 없다고."

"내일 다시 오지 뭐."

어깨를 으쓱하며 크리스티안이 말했다. 그 순간 그의 주머니에서 새가 삑—삑— 하고 울었다.

"왜 또 그래."

그가 중얼거리며 조심스럽게 스마트폰을 꺼냈다.

"또 아프냐?"

알료샤가 놀렸다.

"그 병든 새 좀 구경해 보자."

"아냐, 아픈 게 아니고."

그가 조그마한 화면을 슬쩍 쳐다보고는 말했다.

"배가 고픈 거야."

"너 완전히 새한테 미쳤구나."

라파엘이 말했다.

"내가 좋아서 그러는 건데 뭘."

크리스티안이 어깨를 으쓱하고는 화면을 터치해 새에게 밥을 주었다.

"저기 누가 온다. 운이 좋은걸."

알료샤가 갑자기 소리 죽여 외쳤다. 모두들 잡목 아래로 몸을 낮추었다.

"또 너네 동네 제과점 딸이야?"

아니었다. 아무도 그 여자아이를 몰랐다. 우리는 입을 다물고 길 양쪽으로 나누어 숨었다. 나도 모르게 신경이 바짝 곤두서서 숨을 참았다. 눈앞에서 불꽃이 번쩍였고 온몸이 축 처지며 뻣뻣해지는 느낌이 들었다.

"귀여운 아가씨, 잠깐만 기다려 볼까?"

여자아이가 다가오자 알료샤가 말했다. 모두들 벌떡 일어섰다. 여자아이가 깜짝 놀라 마구 달려 도망을 쳤다. 다들 실실 웃으며 느릿느릿 학교 쪽으로 걸어갔다. 속이 안 좋았다. 갑자기 지난번에 꾼 불 꿈 생각이 났다. 나를 향해 짖어 대던 찰리도 생각났다. 다행히 학교에 도착하니 속이 가라앉았다.

그냥 싱거운 장난 같은 것이었다. 그런데 2교시 중간에 5학년 담임 선생님이 우리가 샛길에서 만났던 그 여학생과 함께 교실로 들어왔다. 갑자기 속이 울렁거렸다. 금방이라도 토할 것만 같았다. 교실을 둘러본 여자아이는 곧바로 우리를 알아보았다. 나는 너무 놀라 온몸이 굳었지만 라파엘이 경고하듯 내 다리를 툭툭 쳤다.

"괜찮아, 새미."

그가 속삭였다. 나는 절망에 찬 표정으로 그를 쳐다보았다. 온 세상이 빙빙 돌았다. 그러나 라파엘의 얼굴은 단단한 강철 같았다. 위협하듯, 경고하듯 앞만 뚫어져라 바라보고 있었다. 라파엘의 얼굴을 보자 마음이 가라앉았다. 괜찮아. 아무 일도 없을 거야. 우리를 건드려 봤자 좋을 게 없다는 걸 저 아이도 알 거야.

여학생이 고개를 저었다. 그런데 왜 우는 거야? 우리가 무슨 짓을 했다고? 여학생이 교실을 나갔다. 5학년 담임과 신경질적인 칼만노 교장이 그녀를 에워싸고 같이 나갔다.

———————

집에 오니 콘라트 아저씨가 거실에 앉아 있었다. 부딪치고 싶지 않아 얼른 내 방으로 방향을 틀었다. 우울하고 피곤했다. 혼자 있고 싶었다. 쉬고 싶었다.

"사무엘."

콘라트 아저씨가 짜증을 담아 내 이름을 불렀다.

"왜요?"

내가 퉁명스럽게 대답했다.

"아누쉬카하고 사이좋게 지내면 안 되겠니?"

나는 말도 하기 싫어 그냥 어깨만 살짝 들어올렸다.

"아누쉬카도, 소피아도 이 상황이 쉽지만은 않을 거야."

콘라트 아저씨가 말했다.

"네, 네."

"그러니까 싸우지 마, 알았니?"

"분부대로 합지요, 의사 선생님."

나는 짜증이 나서 내 방으로 올라갔다. 잠시 후 집을 떠나는 콘라트 아저씨의 자동차 소리가 들리자 아래층으로 다시 내려갔다. 냉장고를 뒤져 참치 샌드위치를 만든 다음 거실 양탄자에 누워 우걱우걱 씹어 먹었다. 전화벨이 울렸다. 엄마가 집에 누가 있는지 보려고 전화를 한 것이었다. 자동 응답기가 대답하도록 내버려 두고 엄마가 뭐라고 하건 말건 듣지도 않았다. 머릿속이 복잡했다. 온갖 생각이 떠올랐다. 아누쉬카가 집에 왔지만 그 애 역시 전화기가 떠들건 말건 거실을 지나쳐 욕실로 들어갔다. 이내 샤워하는 소리가 들렸다.

나는 벌떡 일어나 살금살금 욕실로 다가갔다. 우리 집 욕실엔 잠금 장치가 없다. 예전에 내가 어릴 때 욕실에 갇힌 적이 있었다. 외할아버지가 문을 부수고 들어왔을 때 나는 거의 제정신이 아니었다. 그 후로는 욕실에 잠금 장치를 빼 버렸고 새집으로 이사를 와서도 그것부터 뺐다.

나는 숨을 죽이고 문을 연 다음 살금살금 안으로 들어갔다. 뜨겁고 습기 찬 공기가 얼굴에 훅 끼쳐 왔다. 나는 멍한 상태로 걸음을 멈췄다가 다시 정신을 차리고 한 걸음 한 걸음 다가갔다. 샤워 커튼이 투명하지 않아서 안이 보이지 않았다. 나는 조심조심 욕조 가장자리로 올라서서 커튼 봉 너머로 아래를 내려다보았다. 기가 막힌 타이밍이었다. 아누쉬카는 눈을 감고 고개를 위로 향한 채 흘러내리는 물로 배와 가슴과 다리를 씻고 있었다. 그런데 조금 더 잘 보려고 고개를 빼다가 그만 발이 미끄러지고 말았다. 놀란 내가 엉겁

결에 샤워 커튼을 붙잡았고 그대로 넘어지는 바람에 커튼이 찢어져 버렸다. 정신을 차리고 보니 아누쉬카가 나를 내려다보고 있었다.

"미쳤구나."

아누쉬카가 말했다.

"내가 하고 싶은 말이야."

나도 퉁명스럽게 대꾸했다.

"그 머릿속엔 대체 뭐가 들었어?"

아누쉬카는 이렇게 물을 뿐 전혀 허둥대지 않았다. 벗은 몸을 가리려고도 하지 않았다. 나는 아무 말도 하지 못했다.

"꼭 빈 소년 합창단 꼬마처럼 순진하게 생겨 가지고 하는 짓은 엉큼하기 이를 데가 없으니. 내 말이 맞지?"

아누쉬카가 말했다.

"근데 왜 옷 안 입어?"

나는 당황스러워 물었다.

"내 벗은 몸 보고 싶었던 거 아냐?"

아누쉬카가 당당하게 대답했다. 나는 한 걸음 뒤로 물러나 밖으로 나가려고 했다. 얼른 내 방으로 돌아가고 싶었다.

"넌 나한테 빚진 거야."

아누쉬카가 말하며 아주 천천히 목욕 가운을 걸쳤다.

"무슨 빚을 져?"

내가 미심쩍다는 표정으로 물었다.

"10유로야."

아누쉬카가 수건으로 귀를 닦으며 말했다.

"내가 왜 돈을 줘?"

"내 몸 봤잖아."

아누쉬카가 차갑게 말했다. 나도 모르게 웃음이 나왔다.

"나한테 키스하고 싶으면 돈을 더 주면 돼. 그 이상을 원한다면 더 내야 할 거고."

나는 어이없는 표정으로 아누쉬카를 노려보았다. 무슨 생각을 하는지 알쏭달쏭했다. 도무지 이해할 수 없는 애였다. 나는 정확히 몇 살이냐고 아누쉬카에게 물었다. 그 애는 열다섯이라고 대답하고는 내 나이를 물었다. 나는 나도 열다섯이라고 대답했다. 우리는 서로를 쳐다보았다. 한순간 온 세상이 어쩌다 이렇게 변해 버렸을까 생각했다. 모든 것이 예전 같지 않았다. 내가 어쩌다 이렇게 변해 버렸는지, 내가 왜 이렇게 미친놈이 되었는지 나도 알 수가 없었다. 불쑥불쑥 충동이 일었다. 레안더에게 전화를 걸어 다시 내 친구가 되어 달라고 애원하고 싶은 충동이. 나는 그 충동을 억누르기 위해 사력을 다했다.

저녁에 엄마가 들어오는 소리가 나기에 아래층으로 내려갔다.

"새미, 안녕?"

엄마가 피곤한 목소리로 인사하며 외투를 벗었다.

"엄마 오셨어요."

나는 시무룩하게 인사하고 계단 제일 아래 칸에 서 있었다. 우리는 어두운 층계에서 서로를 바라보았다.

"왜, 어디 아프니?"

내가 아무 말이 없자 엄마가 물었다. 그러면서 차가운 손을 내 뺨에 잠시 댔다. 예전 생각이 나면서 울음이 터질 것 같았다. 옛날 집, 외할머니와 외할아버지, 내 어린 시절, 우리 엄마…….

"왜 그래?"

엄마가 물으며 손을 내렸다.

"저녁 준비해야겠다. 콘라트 아저씨는 30분 뒤에 오실 거야."

콘라트 아저씨, 그놈의 콘라트 아저씨. 만날 아저씨 타령이야.

"엄마는 나한테만 시간이 없지."

내가 심통이 나서 중얼거렸다.

"다 좋아질 거야, 새미."

엄마가 말하며 식탁을 차렸다.

"나는 콘라트 아저씨가 싫어."

"좋아하려고 하지 않잖아."

나는 고개를 저었다.

"그게 아냐."

나는 울컥하지 않으려고 무진 애를 썼다.

"그럼 뭐야?"

엄마가 물으며 냉장고를 열었다.

"내가 이 집에서 쓸모없는 존재 같아."

내가 웅얼거렸다.

"말도 안 되는 소리."

엄마가 대답했다.

"맞아."

내가 말했다.

"네가 왜 쓸모가 없어?"

엄마가 빵을 썰며 말했다.

"쓸모없는 것처럼 느껴져."

내가 소리를 질렀다.

"내가 있든 없든 아무도 모르잖아."

엄마는 잠시 입을 다물었다가 다시 말했다.

"새미, 다시 옛날처럼 좋아질 거야. 이곳에 적응을 하고 형편이 좀 나아지면……."

"그럼?"

내가 물었다. 엄마는 손으로 뭔가 동작을 취하는 듯하더니 빵을 바구니에 담기 시작했다. 지금도 콘라트 아저씨만 생각하고 있잖아. 옛날엔 그냥 접시에 담아 먹었으면서 콘라트 아저씨 때문에 바구니에 담는 거야. 아저씨는 너무 따지는 게 많아. 냅킨에, 식탁에,

쓰레기통에……

"아누쉬카도 싫어."

나는 중얼거리며 식탁에서 내 냅킨을 치웠다.

"소피아도 괴물 같아."

"새미!"

엄마가 놀라서 소리쳤다. 그때 콘라트 아저씨가 들어왔다. 기분이 더 엉망이 되었다. 엄마와 콘라트 아저씨가 입을 맞췄다.

"새미, 안녕."

콘라트 아저씨가 인사했다. 나는 아무 대꾸도 안 했다. 콘라트 아저씨가 목욕탕으로 들어가자 다시 한 번 엄마에게 말을 걸었다.

"엄마, 나 미칠 것 같아. 정말 힘들어."

"새미, 그만해."

엄마가 말했다.

"기분이 이상해. 예전엔 안 그랬는데 항상 정신이 멍해. 도저히 정신을 차릴 수가 없어."

"새미."

엄마는 다시 같은 소리만 반복했다. 엄마가 내 말을 전혀 귀담아 듣고 있지 않다는 확신이 들었다. 엄마 머릿속엔 콘라트 아저씨뿐이다. 이 새집 생각뿐이다. 내 생각은 전혀 없다. 나는 벌떡 일어났다. 속이 안 좋았다. 상한 음식을 먹은 것 같은 기분이 들었다.

카를로타가 들려주는 이야기
....
새미와 레안더에 대해

새미와 레안더를 만난 것은 작년 여름이었다. 우리는 함께 어울려 다녔다. 그러니까 레안더와 새미, 나, 그리고 우리 두 동생 말이다. 정말 신나고 재미있었다. 새미가 계속해서 나를 흘깃거리는 것이 좀 신경에 거슬리기는 했지만. 레안더하고 공원 버드나무 아래에서 첫 키스를 하던 날도 나는 똑똑히 보았다. 새미가 낮은 돌담에서서 무시무시한 표정으로 우리를 노려보는 것을. 그러더니 휙 가버렸고, 그날 이후 우리랑 어울리려 하지 않았다. 막스와 스반테가아무리 애원해도 못 본 척했다.

새미가 자기한테 말도 안 걸자 레안더는 무척 괴로워했다. 새미도 나한테 마음이 있었기 때문에 양심의 가책을 느끼는 것 같았다. 하지만 나는 새미한테 관심이 없었다. 레안더한테 첫눈에 반해 버렸으니까. 그렇게 여름 방학이 끝나고 학교에서 안 좋은 일이 벌어졌다. 나는 새미가 그 일에 연루되었다고 확신했다.

레안더와 새미는 구시가지에 있는 학교에, 나는 신시가지에 있는 학교에 다닌다. 이 말만 들으면 두 학교가 엄청나게 멀리 떨어져 있는 것 같지만 사실 구시가지와 신시가지는 시청 앞 작은 광장 하나를 두고 마주 보고 있다. 그래서 조금 서두르면 5분 안에 서로의 학교까지 갈 수 있다. 그렇다고 해도 쉬는 시간이나 점심시간에는 학교 밖으로 나갈 수 없기 때문에 레안더와 나는 아침에 등교하기 전이나 학교가 끝나고 난 후에 만났다. 이따금 광장에 있는 맥도날드에서 만나 같이 아침을 먹기도 했다.

"저기 봐. 새미야."

어느 날 아침, 그날도 우리는 맥도날드에서 햄버거를 먹는 중이었다. 레안더가 이마를 찌푸리고 창밖을 내다보았다.

"새미가 날 따라다니는 것 같아. 물론 말은 안 걸지. 요샌 라파엘 무리들하고만 어울리니까."

"새미가 널 왜 쫓아다녀?"

나는 좀 놀라고 화가 나서 물었다. 레안더는 어깨를 으쓱했다.

"새미가 무슨 생각을 하는지 내가 어떻게 알겠어. 어떨 땐 완전히 제정신이 아닌 것 같기도 하고. 찰리가 죽었을 때 말이야. 네 말이 맞았어. 얼마 전에 새미가 살던 동네를 지나가다 우연히 새미네 이모를 만났거든. 외할머니와 외할아버지를 프랑스로 모셔 가려고 왔다고 했어. 그런데 그날 카타리나 이모가 그러더라고. 찰리는 죽었고 새미는 완전히 딴사람이 되었다고. 찰리가 죽었을 때도 냉장고처럼 차갑게 반응했다고."

나는 고개를 끄덕였다.

"미친 걸까?"

나는 그렇게 말하며 쟁반을 집어 들었다.

"나도 모르겠어."

레안더가 웅얼거렸다.

"우리 이제 일어나야 해."

나는 손목시계를 본 후 이렇게 말했다.

"잘못하다간 지각하겠어."

"응, 일어나자."

레안더와 나는 밖으로 나왔다. 시청 앞 분수에서 헤어질 때 보니 새미는 혼자가 아니었다. 라파엘 패거리도 같이 있었다. 그리고 다음 날 학교가 발칵 뒤집혔다. 남학생 네 명이 학교 뒤 공원에서 다른 학교 학생들에게 붙들려 흠씬 두들겨 맞은 것이다. 그 공원은 평소에 인적이 드물었다. 남학생들은 운동화와 가방까지 빼앗겼다고 했다.

"분명히 새미하고 그 못된 놈들이 한 짓이야."

다음 날 레안더를 만난 자리에서 나는 흥분을 주체하지 못하고 분통을 터트렸다. 하지만 레안더는 믿으려고 하지 않았다.

"그럴 리가 없어. 어떻게 그런 생각을 해? 새미는 그런 짓을 할

애가 아냐."

레안더는 화를 냈다.

"어제 광장에서 새미를 봤잖아. 그리고 네 입으로 그랬잖아. 라
파엘이랑 그 친구들, 이상한 애들이라고."

"맞아. 그래도 새미는 아냐."

레안더가 소리쳤다.

"어쨌든 9시가 다 되었을 때 광장에 그 애들이 있었잖아. 광장에
서 우리 학교 뒤편 그 공원까지는 바로 이어져 있어. 최단 코스라
고. 그 남학생들이 당한 시각이 9시 직전이고. 그러니까 내가 학교
에 도착한 직후에 일어난 일이야. 그날 나도 누군가 나를 쫓아온다
는 느낌이 들어서 기분이 안 좋았어."

"말도 안 돼. 새미는 절대 아냐. 너도 잘 알잖아. 새미가 어떤
앤지."

레안더는 끝까지 아니라고 우겼다. 나도 더 이상은 우기지 않았
다. 그때 레안더는 자기 학교에서도 이틀 전에 비슷한 일이 있었다
는 이야기를 해 주지 않았다.

까마귀 , 프란츠 , 여동생

집안 분위기가 많이 달라졌다. 엄마가 일을 그만두었다. 그것이
시작이었다.

"하기 싫으면 안 해도 돼."

어느 날 저녁을 먹다가 콘라트 아저씨가 엄마한테 말했다. 아누
쉬카와 소피아까지 모두가 있던 자리였다. 우리는 얼마 전 급조된
새 가족이었다. 콘라트 아저씨는 우리 때문에 원래 가족을 버렸고
엄마는 아저씨 때문에 나와의 행복했던 가정을 버렸다. 그런데도
새집의 분위기는 늘 짜증스러웠고 팽팽한 긴장감이 지배했다. 언제
터질지 모르는 폭탄 같았다.

아누쉬카와 소피아는 최대한 엄마와 말을 섞지 않았다. 게다가
소피아는 늘 징징 울었고 사사건건 트집을 잡았다. 이 집에서 일어
나는 모든 일이 마음에 안 드는 모양이었다. 아누쉬카는 대부분 자
기 방에 틀어박혀 있었다. 친구도 별로 없는지 거의 혼자였다. 그
애와 나는 서로 좋아하는 사이는 아니었지만, 그래도 뭔가 통하는

구석이 있었다. 대화를 나누지는 않더라도 서로를 관찰했고, 내 꿈에서는, 그 끔찍한 불 꿈과 섹스 꿈에는 늘 아누쉬카가 등장했다. 자위를 할 때 아누쉬카를 생각하면 근친상간일까? 어쨌든 우리는 이제 남매이니까. 집에 있으면 도무지 마음이 편치 않았다. 그런데 왜 이렇게 괴로운 것일까? 아누쉬카가 이런저런 행동으로 나를 자극했지만 나는 그 애를 최대한 무시했다. 소피아도 투명 인간 취급했다. 늘 징징거리는 시끄럽고 귀찮은 계집애.

그랬다. 너무 외롭고 비참했다.

그것 말고도 또 다른 변화가 있었다. 외할머니가 프랑스에서 돌아가셨다. 아침에 깨웠는데 눈을 뜨지 않으셨다고 했다. 엄마가 울면서 그 소식을 전했을 때 나는 이상하게도 아무런 감정도 느껴지지 않았다. 너무나 무감각해서 나 스스로가 무서울 지경이었다. 나는 밖으로 나가 거리를 헤매 다니다가 버스를 타고 숲으로 갔다. 길을 따라 깊은 곳까지 들어갔다. 예전에 레안더와 다니던 길이었다. 너무나 기분이 우울해서 다시 예전처럼 울 수 있을 것 같은 생각이 들었다. 꽁꽁 얼었던 마음이 다시 녹아 예전의 나로 돌아갈 수 있을 것만 같았다. 나는 걸음을 멈췄다. 너무 빨리 걸어서 숨이 찼다.

"외할머니."

시험을 해 보려고 몇 번 외할머니를 불러 보았다.

"외할머니, 외할머니, 우리 외할머니."

까마귀 한 마리가 다가와 새된 소리로 까악 울었다. 불쌍한 외할머니, 까맣게 잊고 살았던 외할머니, 흉터가 남은 손으로 내 스웨터를 뜨시던 외할머니, 우리 외할머니……. 까마귀가 최면이라도 걸려는 것처럼 나를 노려보았다.

"꺼져."

갑자기 내 방의 더러운 유리창이 생각나 버럭 소리를 질렀다. 까마귀는 꼼짝도 하지 않고 나를 노려보다가 심상찮은 표정으로 비틀거리며 다가왔다.

"외할머니."

나는 시험 삼아 또 한 번 불러 보았다. 외할머니를 떠올릴 때 함께 솟구쳤던 따뜻한 느낌이 어느새 다시 희미해져 버렸기 때문이다. 하지만 외할머니 생각을 할 수가 없었다. 담배처럼 어느덧 중독되어 버린 라파엘의 영화가 떠올랐다. 원치 않아도 한다. 해롭다는 것을 알면서도 한다. 그러다 문득, 아무려면 어때 하고 체념하게 된다. 그게 중독이다.

그래서 나는 라파엘의 영화를 생각했다. 그리고 오솔길에서 만났던 여자아이와 카를로타의 학교 뒤편 공원에서 우리가 덮쳤던 남학생들을 생각했다. 우리한테 실컷 두들겨 맞은 후 겁에 질리고 땀에 젖어 더러워진 그 아이들의 얼굴을 떠올렸다. 갑자기 자부심이 밀려와 머리가 어지러웠다. 내겐 힘이 있다. 타인의, 나보다 작고 약한 인간의 몸과 감정을 내 마음대로 조종할 권력이 있다. 살짝 전율이 일면서 나 자신이 무서워졌다. 그리고 나의 이 권력을 더 강하게, 더 멋지게, 더 짜릿하게 느낄 수 있는 방법이 머리를 스쳤다. 순간 온몸이 부들부들 떨렸다.

까마귀는 여전히 나를 바라보고 있었다. 나는 번개처럼 달려가 그놈을 짓밟았고, 까마귀는 찰리처럼 소리 한 번 지르지 못한 채 그 자리에서 죽고 말았다.

그다음 주에 우리는 학교에서 프란츠를 집중 공략했다. 엄마는 콘라트 아저씨와 프랑스로 떠났다, 마지못해. 그런 일이 없었다면 엄마가 카타리나 이모를 찾아갔을 리 없겠지. 나는 함께 가지 않았다.

"너도 같이 가야 하는 것 아니니?"

엄마는 이렇게 물었지만 딱히 나를 설득하려는 의지가 있어 보이지는 않았다.

"외할아버지가 얼마나 반가워하시겠어."

콘라트 아저씨도 옆에서 거들었다.

"별로 좋아하지 않으실 거예요."

나는 투덜거리며 말했다.

"카타리나 이모가 그랬어요. 외할머니가…… 돌아가신 후부터 한 마디도 안 하고 그냥 정원에 앉아만 계신다고. 비가 와도 비를 맞고 멍하니 계신다고요."

"카타리나가 거짓말하는 거야. 걘 원래 그래."

엄마가 곧바로 쏘아붙였다.

"외할아버지는 금방 괜찮아지실 거야."

"정말 안 갈 거니?"

콘라트 아저씨가 물었다.

"네."

나는 그렇게 대답하고 2층으로 올라갔다.

"장례식이니 뭐니 재미없어요. 어차피 돌아가신 걸……. 울고불고해 봤자 무슨 소용이 있다고."

"저래도 된다고 생각해?"

내 방에 다 왔을 무렵 엄마에게 따지는 콘라트 아저씨의 음성이 들렸다.

"또 시작이야."

엄마가 대꾸했다.

"난 모르겠으니 당신이 알아서 해."

콘라트 아저씨가 걱정스러운 목소리로 말했다.

"사춘기잖아."

엄마가 말했다.

"예전에도 저랬어?"

콘라트 아저씨가 물었다.

"미친 새끼. 제가 뭔데?"

나는 화가 나서 중얼거렸다. 내가 예전에 어떤 인간이었건 그게 자기랑 무슨 상관이 있단 말이야?

"좋았을 때도 있었고 나빴을 때도 있었어."

엄마가 정신이 딴 곳에 팔린 사람처럼 말했다.

"내버려 두고 가방이나 싸. 정말 가기 싫어."

나는 울적한 기분으로 계단참에 쪼그리고 앉아 아래층에서 무슨 이야기를 나누는지 귀를 기울였다. 이참에 콘라트 아저씨가 엄마한테 영화 이야기를 고자질하지나 않을까? 아저씨를 믿어도 될까? 왜 지금까지 아무 말도 안 했는지 이해가 되지 않았다. 내 방에서 가져간 DVD는 어디다 뒀을까? 어디에 숨겨 뒀을까? 버렸을까? 무릎에 얼굴을 묻고 있으려니 점점 기분이 나빠졌다.

"상상만 해도 소름이 끼쳐. 카타리나 얼굴은 보고 싶지 않아."

엄마가 울적한 목소리로 투덜거렸고, 나는 엄마가 또다시 그날의 화재를 떠올리고 있다는 확신이 들었다. 알코올 병을 손에 든 카타리나 이모를.

"새미는 아빠가 필요했을 거야. 살면서 내내……."

갑자기 엄마가 툭 이런 말을 내뱉었다. 나는 짜증이 나서 계단참에서 일어나 방으로 들어가며 문을 쾅 닫았다. 다음 날 엄마와 콘라트 아저씨는 외할머니의 장례식을 보러 프랑스로 떠났다. 외할머니, 안녕. 잘 가세요. 마음이 이루 말할 수 없이 괴로웠다.

그리고 우리는 프란츠를 건드리기 시작했다.

월요일 아침에 눈을 뜨자 바람 소리가 심상치 않았다. 거센 빗줄기가 비스듬한 지붕창을 힘차게 두드렸다. 돌처럼 딱딱하게 말라붙어 있던 까마귀 똥이 빗물에 젖으면서 눈물로 범벅이 된 마스카라처럼 더러운 검은 물줄기가 되어 창문을 타고 흘러내렸다.

"빌어먹을 날씨, 빌어먹을 여름, 빌어먹을 인생."

나는 투덜거렸다. 자리에서 일어나 세수를 하고 침대에서 빵을 씹어 먹으면서 라파엘이 골라 준 잔인한 공포 영화를 끝까지 다 봤다. 그리고 학교로 출발했다. 가는 길에 크누트를 만났다.

"새미, 안녕."

그가 미소를 지으며 인사를 했다. 역시나 클라리넷을 들고 있었다. 나는 시큰둥한 표정으로 히죽거렸다.

"새미, 왜 레안더하고 안 놀아? 너네 친구였잖아."

크누트가 물었다.

"예전에는 그랬지. 아주 오래전에는."

나는 심술궂게 대답하고는 얼른 걸음을 재촉했다.

"그래도 그렇지. 왜 하필이면 라파엘하고 놀아?"

크누트가 뒤에서 소리쳤다.

"질이 안 좋은 놈이야. 나중에 후회하지 말고 조심해."

점심시간, 애들이 바글거리는 운동장에서 우리는 프란츠를 낚아챘다. 라파엘이 몇 번 프란츠 주위를 빙빙 돌다가 갑자기 그를 확

떠밀었다. 프란츠가 겁에 질려 움칠했다.

"헤이, 러시아, 안녕."

라파엘이 다정하게 인사하면서 엄지와 중지로 프란츠의 얼굴을 쥐고 세게 힘을 주었다. 프란츠의 얼굴이 일그러졌다.

"하지 마."

프란츠가 꽉 다문 입술 사이로 조심스럽게 한마디 내뱉었다.

"뭐라고?"

라파엘이 물었다.

"다시 한 번 말해 봐. 무슨 말인지 알아들을 수가 있어야지."

프란츠가 낚싯줄에 걸린 물고기처럼 버둥거리자 라파엘이 히죽 웃었다.

"거기 뭐야?"

저 멀리서 남자 선생님이 소리쳤다. 라파엘이 슬쩍 그쪽을 돌아보았다.

"아니에요. 토론 중입니다."

그가 소리치며 미소를 지었다. 하지만 그 선생님은 우리를 보고 소리친 것이 아니었다. 선생님이 다른 방향으로 달려갔다.

"잘됐군."

라파엘이 중얼거리며 프란츠의 얼굴을 더 세게 쥐었다. 하지만 프란츠는 더 이상 버둥거리지 않았다. 그냥 가만히 서 있었다. 작은 키에 겁에 질린 얼굴, 축 늘어뜨린 양팔.

"이름이 뭐야? 러시아 새끼들은 참 이름도 길어."

라파엘이 프란츠의 얼굴을 이리저리 흔들었다. 얼굴을 잡은 손에 힘을 더 주자 프란츠의 얼굴빛이 붉으락푸르락해졌다.

"놔 줘······."

프란츠가 더듬거리며 말했다.

"놔 주세요."

라파엘이 호되게 야단을 쳤다.

"놔 주세요."

프란츠의 이마가 새하얘졌다.

"이게 무슨 냄새야?"

라파엘이 킁킁거렸다.

"우웩, 땀 냄새. 밥맛 떨어져. 그러니까 네 이름이 뭐냐고?"

"프란츠."

프란츠가 기어들어 가는 목소리로 대답했다.

"프란츠······ 뭐?"

프란츠의 얼굴이 땀과 눈물로 범벅이 되어 버리자 라파엘의 손이 미끄러졌다. 라파엘이 얼굴에서 손을 떼더니 아래로 내려가 억센 손길로 그 부위를 꽉 쥐었다. 프란츠가 비명을 질렀다.

"이름이 뭐냐고?"

라파엘이 또 물었다. 알료샤, 크리스티안, 내가 담처럼 두 사람을 빙 둘러쌌다. 나는 초조해서 연신 사방을 두리번거렸다. 다행히 아무도 우리를 보고 있지 않았다.

"보로비코프스키."

프란츠가 헐떡거리며 말했다.

"프란츠 보로비코프스키. 놔 줘, 놔 줘, 그만······."

"정말 웃기는 이름이지."

라파엘이 고개를 저으면서 대답했지만 손을 놓지는 않았다.

"정말 조상이 독일 사람이야? 우리 아빠가 이 도시 판사야. 알지? 한번 조사해 봐야겠는데."

"우리는······."

프란츠가 용기를 내서 입을 열었지만 안타깝게도 그 순간 우리의 담이 뚫렸다.

"여기서 뭐하는 거야?"

한 번도 본 적 없는 젊은 교사가 갑자기 나타나 물었다. 순간 나는 숨이 멎는 듯했다.

"의견 충돌이 좀 있어서요."

알료샤가 어깨를 살짝 들어올리며 말했다.

"별거 아니에요."

"손 놔."

교사가 말하며 라파엘의 팔을 잡았다.

"네."

라파엘이 순순히 대답하면서 프란츠의 바지에서 손을 뗐다.

"자, 이제 말해 봐. 무슨 일이야?"

교사가 프란츠를 쳐다보았다. 프란츠는 여전히 숨을 못 쉬고 헐떡거렸다. 얼굴은 빨개지다 못해 백짓장처럼 새하얗게 질렸다.

"제가…… 제가…… 제가……."

프란츠가 더듬거렸다.

"빚을 졌어요."

라파엘이 웃으며 말했다.

"많지는 않은데요. 10유로예요. 오늘 갚기로 해 놓고 돈을 안 가져왔다지 뭐예요. 그래서 제가 좀 화를 낸 건데, 뭐 내일 갚겠죠."

프란츠는 라파엘의 말을 못 알아들은 것 같았다. 교사는 이해했다는 표정을 짓고는 저쪽으로 가 버렸다.

"자, 그러니까."

라파엘이 다시 프란츠의 거기를 꽉 잡았다. 프란츠가 다시 비명을 질렀고 온몸을 부들부들 떨었다. 둘러보니 다행히 그 교사는 보이지 않았다.

"내일 10유로를 가져와야 되겠지, 뼈가 안 부러지려면. 점심시간까지 10유로야. 그리고 목욕 좀 해, 프란츠. 냄새가 나서 죽겠잖아."

"10유로? 내가 너한테 줘?"

프란츠가 놀라서 더듬거렸다.

"그렇지."

라파엘이 말했다.

"아냐."

프란츠가 말했다.

"맞아."

라파엘이 말했다. 수업 시간을 알리는 종이 울려서 우리 모두 교실로 들어갔다. 프란츠만 운동장 구석으로 달려가 토하느라 뒤늦게 교실로 왔다.

"프란츠, 왜 그러니?"

비틀거리며 들어오는 프란츠를 보고 담임 선생님이 놀라 물었다. 라파엘이 히죽거리며 내 옆구리를 툭 쳤고 나도 그를 보며 히죽 웃었다. 하지만 심장이 어찌나 두근거리는지 내 귀에도 들릴 지경이었다.

"속이 울렁거려요."

프란츠가 교실 문에 기대섰다.

"얼굴이 안 좋아 보이는구나."

선생님이 걱정스럽게 말했다.

"원래 안 좋아요."

브리타가 킥킥거렸다.

"브리타, 조용히 해."

선생님이 야단을 쳤다. 프란츠는 고개를 푹 숙이고 바닥만 쳐다보았다.

"집에 가고 싶니?"

선생님이 다정하게 물었다. 프란츠가 밝아진 표정으로 고개를 끄덕였다.

"알았다. 이리 와, 조퇴증 끊어 줄 테니까."

프란츠가 말없이 선생님한테로 걸어가 조퇴증을 받아서 터덜터덜 교실을 나갔다.

———

다음 날 점심시간, 라파엘과 나는 프란츠를 교실 앞에서 붙들어 세웠다.

"또 냄새나잖아."

라파엘이 무섭게 윽박지르면서 프란츠의 귀를 잡아당겼다.

"아야……."

프란츠가 신음 소리를 냈다.

"프란츠, 몸은 좀 어때? 나아졌니?"

아무것도 모르는 선생님이 이렇게 물으며 교실 문을 잠갔다. 라파엘과 나는 호위 무사처럼 프란츠의 양쪽에 섰다. 프란츠는 아무 말도 하지 않았고 선생님은 서둘러 교무실 방향으로 걸어갔다.

"가자."

라파엘이 명령을 내리자 우리는 운동장으로 내려갔다. 라파엘의 말이 맞았다. 프란츠에게선 악취가 풍겼다. 땀과 공포의 냄새였다. 운동장에서는 알료샤와 크리스티안이 기다리고 있었다.

"자, 이제 10유로를 주셔야지."

라파엘이 말하며 손을 내밀었다.

"10유로?"

프란츠가 놀라 물었다.

"돈 말이야, 돈. 10유로."

프란츠가 고개를 숙였다. 그리고 다 기어들어 가는 목소리로 말했다.

"돈 없어."

"내가 잘못 들은 거 아니지?"

라파엘이 부드럽게 말했다.

"내가 왜 돈 줘야 해?"

프란츠가 물었다. 일이 재미없게 돌아갔다. 처음부터 다시 시작이라니.

"프란츠."

알료샤가 끼어들었다.

"네가 우리 친구 라파엘한테 10유로 빚졌잖아. 빚을 졌으면 갚아야지, 안 그래?"

프란츠는 아무 말도 하지 않았다.

"오늘 갚기로 했잖아. 오늘이 지불 기한 만기라고. 보아하니 잊어버린 것 같은데, 그럼 내일은 갚을 거지?"

그가 히죽 웃었다.

"그런데 말이야."

알료샤가 다시 입을 열면서 프란츠의 귀에다 침을 뱉었다.

"돈을 빌리면 어떻게 되는지 너도 알잖아. 이자가 붙고, 이자의 이자가 붙는 거야. 아, 물론 너처럼 깜빡깜빡하는 인간들에겐 독촉료라는 것도 붙고 말이야. 그래서 말인데, 계산을 해 보니까 다 합쳐서 네가 내일 라파엘한테 갚아야 하는 돈이 100유로네."

알료샤가 씩 웃더니 이렇게 덧붙였다.

"고개를 살짝 오른쪽으로 돌려 봐. 침을 선물하려면 양쪽 귀에 골고루 나눠 줘야지."

프란츠가 고개를 돌리지 않고 입을 헤 벌린 채 멍하니 서 있자 크리스티안과 내가 그의 고개를 비틀었고 알료샤가 프란츠의 오른쪽 귀에 침을 뱉었다. 침이 프란츠의 뺨으로 질질 흘러내려 어깨로 떨어졌다. 우리는 프란츠를 내버려 두고 교실로 올라왔다.

오후 내내 프란츠는 창백한 얼굴로 말없이 자기 자리에만 앉아 있었다. 레안더와 크누트가 몇 차례 그를 쳐다보았고 마지막 시간에는 크누트가 그에게로 다가가 뭐라고 속삭였다. 하지만 프란츠는 아무 말도 하지 않았다. 입을 꾹 다문 그 애의 표정이 완전 꼬마 같았다. 금방이라도 울음을 터트릴 것만 같은 꼬마아이.

다음 날 아침 우리는 다시 프란츠와 대화를 나누었다. 이번에는 아침 일찍 학교 앞 주차장으로 프란츠를 데려갔다. 엄마와 콘라트 아저씨는 아직도 프랑스에 있었다. 엄마가 어제 호텔이라면서 전화를 걸어 왔다.

"카타리나하고 같은 집에 있으려니 참을 수가 있어야지."

엄마가 흥분해서 말했다.

"정말 참을 수가 없어."

나는 더 이상 듣기 싫어 수화기를 전화 옆에 내려놓았다. 저녁에 아래층으로 내려갔다가 수화기가 그대로 놓여 있는 것을 보았다. 까맣게 잊고 있었다.

"뭐 어때."

나는 중얼거리며 수화기를 다시 올려놓았다.

프란츠의 얼굴이 백짓장처럼 하얬다. 땀방울이 얼굴을 타고 흘러 내렸다. 너무너무 추운 날이었는데도 녀석은 땀투성이였다.

"프란츠, 어제 잠은 잘 잤니?"

알료샤가 물었다.

"돈 없어."

프란츠가 총알처럼 대답을 뱉어 냈다.

"왜 없을까?

알료샤가 황당하다는 듯 물었다.

"너도 돈 없어."

라파엘이 프란츠의 귀를 잡아당겼다.

"말 똑바로 해. 내가 돈이 없는 게 아니지. 이 러시아 돼지야."

프란츠가 오한이 든 것처럼 부들부들 떨었다.

"나는 돈이 없어."

라파엘이 말했다.

"나……는 도……온이 없어."

프란츠가 지친 표정으로 따라했다. 크리스티안이 여태 갖고 놀던 스마트폰을 호주머니에 집어넣고는 인상을 쓰면서 말했다.

"정말 돈이 없는지 한번 볼까?"

"그거 좋은 생각인데."

라파엘이 칭찬했다.

"새미, 이 새끼가 거짓말하는 것 같지 않아?"

나는 침을 꿀꺽 삼키며 고개를 끄덕였다.

"어떻게 하면 알 수 있을까?"

라파엘이 말했다.

"뒤져 보면 되지."

알료샤가 말했다.

"좋은 생각이야."

크리스티안이 말했다.

"화장실로 끌고 가."

내가 말했다. 우리는 학교로 들어갔다. 수업 시작 종이 울린 지 오래여서 복도가 텅 비어 있었다.

"얘들아, 얼른 교실로 들어가야지. 수업 종 쳤어."

복도 저쪽 끝에서 윤리 선생님이 소리쳤다. 어서 가라고 손짓까지 했다. 라파엘은 예의 바르게 대답했다. 그리고 우리는 화장실로 들어갔다.

"이러지 마. 이러지 마."

프란츠가 신음 소리를 냈다. 하지만 라파엘은 프란츠를 안으로 밀어 넣으며 짧게 한마디 했다.

"벗어, 프란츠. 몸수색이야."

"안 돼."

프란츠가 애달픈 목소리로 사정했다.

"돼. 오늘은 널 구해 줄 사람이 아무도 없어."

알료샤가 이렇게 말하며 프란츠의 재킷을 벗겼다.

"이제부터는 네 손으로 벗어."

그가 명령했다.

"내 손 더럽히기 싫어."

프란츠는 몸을 부들부들 떨면서 슬로 모션처럼 천천히 옷을 벗었다. 이제 팬티만 남았다.

"그것도 마저 벗어야지."

크리스티안이 환자를 보는 의사처럼 다정하게 말했다.

"싫어."

프란츠가 절망적인 목소리로 외쳤다.

“벗어.”

나도 모르게 내 입에서 그 말이 버럭 튀어나왔다. 내 목소리에 나도 깜짝 놀랐다. 결국 겁에 질린 프란츠가 팬티를 벗었다. 어찌나 몸을 떨었는지 저러다 균형을 잃고 쓰러질 것 같다는 생각이 들었다. 하지만 프란츠는 비틀거리면서도 용케 서 있었다.

“그 냄새나는 팬티 입에 넣고 씹어.”

알료샤가 씩 웃으며 말했다.

“자, 이제 그 자세로 다시 옷을 입는다. 돈은 없는 것 같으니까. 감기 걸리면 안 되지.”

프란츠가 시키는 대로 했다. 팬티를 입에 물고 옷을 입었다. 그의 얼굴이 화장실 벽 색깔만큼 하얗다.

“팬티 뱉어. 밥맛 떨어져. 입에 들어간 팬티가 어떤 꼴이겠어? 화장실에 뱉어.”

우리는 프란츠가 시키는 대로 하는 꼴을 쳐다보았다.

“내일은 1500유로야. 아침 일찍 주차장에서 주는 거야. 안 그러면 팬티를 모조리 다 씹어 먹어야 할 거야.”

라파엘이 프란츠의 창백한 뺨을 꼬집었다.

“내일까지. 알았지? 러시아 돼지 새끼.”

우리는 기분 좋게 복도를 걸어 계단 앞에서 헤어졌다. 나는 라파엘과 함께 히죽거리면서 교실로 들어갔다.

그날 프란츠는 교실로 돌아오지 않았다. 그날 내내 레안더 생각을 했다. 수업이 끝나고 혼자서 집으로 가다가 나란히 시내 방향으로 걸어가는 레안더와 크누트를 보았다. 나는 걸음을 멈추고 두 사람의 뒷모습을 한참 동안 쳐다보았다. 가을비에 온몸이 홀딱 젖을 때까지. 레안더와 크누트의 뒤를 쫓아가 그들에게 미소를 지으면서 나도 같이 가면 안 되냐고, 같이 놀면 안 되냐고 묻고 싶었다. 하지만 그러지 않았다. 그냥 뿌리박힌 나무처럼 그 자리에 서 있었다. 내겐 시간을 되돌릴 힘이 없었다. 아니, 솔직히 말하면 되돌리고 싶지도 않았다.

멍한 상태로 집으로 돌아가 빈 집에서 혼자 시간을 보냈다. 다행히 아누쉬카는 코빼기도 안 보였다. 거실 양탄자 위에 누워 포르노와 공포 영화를 보면서 감자칩을 먹었고 콘라트 아저씨의 맥주를 세 캔이나 마셨다. 그리고 내일 프란츠가 돈을 안 가져오면 어떻게 괴롭힐지 혼자 상상했다.

하지만 다음 날 아침 프란츠는 학교에 오지 않았다.

"혹시 프란츠가 왜 결석했는지 아는 사람 있니?"

담임 선생님이 물었다.

"제가 봤어요."

라파엘이 불쑥 대답했다.

"애들 몇 명이랑 광장에서 지나가는 여학생들한테 찝쩍대고 있던데요."

담임 선생님이 못 믿겠다는 표정으로 쳐다봤다.

"정말이에요."

라파엘이 침착하게 말하며 담임 선생님을 쳐다보았다.

"좋아. 좀 더 기다려 보도록 하자."

그러나 프란츠는 오지 않았다. 그 주 내내 결석이었다.

"이런 쥐새끼 같은 놈."

라파엘이 화가 나서 투덜거렸다.

"겁은 많아 가지고."

"아직 포기하기엔 이르지."

알료샤가 갑자기 말했다.

"프란츠 여동생도 우리 학교 다니지 않아?"

우리는 서로를 쳐다보며 씩 웃었다. 오전 수업이 끝나자 나는 라파엘과 둘이서 6학년 1반 교실로 찾아갔다. 알료샤랑 크리스티안은 그 옆 반으로 들어갔다.

"프란츠 보로비코프스키의 동생을 찾는데요."

라파엘이 선생님한테 말했다.

"왜 그러니?"

선생님이 물었다.

"저희 9학년 1반인데요. 담임 선생님께서 프란츠가 왜 학교에 안 오는지 알아보라고 하셔서요."

라파엘이 침착하게 대답했다.

"엘리자베스는 저기 뒤에 있다."

선생님이 친절하게도 깡마르고 창백한 여자아이에게 손짓을 했다.

"네, 선생님."

엘리자베스가 재킷을 입고 책가방을 메면서 앞으로 나왔다.

"오빠 때문에 왔다는구나. 다들 나가라. 교실 문을 잠가야 해서."

선생님은 우리 모두를 교실에서 내쫓았다.

"엘리자베스, 안녕."

라파엘이 다정하게 인사를 건네고 엘리자베스의 어깨에 팔을 둘렀다. 우리가 그 주위를 빙 둘러섰다. 우리는 아이를 학교 뒤 오솔길로 데려갔다.

집에 와서 프란츠의 여동생한테서 뺏은 동전들을 가지고 놀았다. 삐뚤빼뚤 탑도 쌓았다. 그것도 시들해지자 천천히 일어나서 욕실로 갔다. 샤워기 밑에 서서 찬물을 끝까지 틀고 이를 앙다물었다. 차가운 물이 쏟아져 등과 배를 타고 흘러내렸다. 강해진 느낌, 튼튼해지고 남자다워진 느낌이 들었다. 찬물을 더 견디기 힘들어지자 물을 끄고 수건으로 몸을 비볐다. 피부가 빨개지면서 수천 개의 바늘이 온몸을 쿡쿡 찌르는 것 같았다. 나는 거울에 비친 내 몸을 찬찬히 살펴보았다. 알통도 만들어 보고 주먹을 불끈 쥐고 몇 번 휘둘러 보기도 했다. 그사이 근육이 많이 생겼다. 예전에 비하면 훨씬 보기 좋았다. 나는 콧노래를 부르며 면도를 하기 시작했다. 찝찝했지만

콘라트 아저씨의 면도기를 썼다. 내 것을 장만할 때가 된 것 같았다. 하지만 아직 수염이 제대로 안 나서 애가 탔다. 알료샤와 크리스티안의 얼굴은 볼 만한데 라파엘하고 나는 유독 이 부분에서 속도가 느렸다. 나는 짜증스럽게 내 얼굴을 쳐다보았다. 그사이 여드름이 몇 개 더 생겼다. 얼굴이 꼭 꽃이 활짝 핀 화단 같았다. 가장자리를 칙칙한 자갈돌로 빙 두른 화단.

피부가 서서히 제 색깔을 되찾았다. 다시 창백해지고 볼품이 없어졌다. 나는 시무룩해져서 옷을 입었다. 갑자기 나 자신이 혐오스러웠다.

그렇게 그 주가 지나고 엄마와 콘라트 아저씨가 프랑스에서 돌아왔다. 엄마가 임신 소식을 알려주었다. 하지만 프란츠의 여동생 일로 아직 머리가 멍한 상태여서 나는 엄마 말을 건성으로 들었다. 엄마는 내게 콘라트 아저씨와 결혼하기로 결정했다고 말했다.

새미의 엄마가 들려주는 이야기
·············
새 출발

그랬다. 다시 시작하고 싶었다. 처음부터 다시 새로운 인생을 살고 싶었다. 콘라트는 내가 근무했던 산부인과 병동의 과장이다. 그가 과장으로 부임하던 날 처음으로 만났다. 그때 이미 그는 아내와 별거 중이었다. 그러니까 나 때문에 아내와 헤어진 것이 아니었다. 그런데도 그의 두 딸은 아빠가 엄마와 헤어진 것이 내 탓이라고 여겼다.

아기는 예정에 없던 일이었다. 다시 임신을 할 수 있으리라고는 꿈에도 생각하지 못했다. 새미 아빠가 세상을 떠났을 때 나는 아직 어렸다. 더구나 너무 갑작스럽게 당한 사고라 충격에서 헤어나기가 쉽지 않았다. 그렇지만 새미하고 둘이서 부모님 댁에서 그럭저럭 행복하게 살았다. 간호사 일이 워낙 고되었고 힘든 순간도 많았지만 우리 둘이서 꿋꿋하게 잘 살아왔다고 자부한다.

새미와 나는 사이가 좋았다. 내가 새미에게 많이 의지했다. 새미는 제 아빠를 정말 많이 닮았다. 외모도 그렇고 성격도 그렇다. 새미를 위해서라면 무슨 일이든 다 하면서 살았다. 그런데 콘라트가 나타나면서 갑자기 모든 것이 바뀌었다. 나는 지금의 남편을 정말 많이 사랑한다. 그를 위해 내 인생도 완전히 바꿨다.

아마 새미한테는 좀 성급한 일이었을 것이다. 하필이면 마침 새미가 레안더하고 사이가 좋지 않을 때였다. 지금 와서 하는 말이지만 솔직히 그때는 아들과 많은 시간을 보내지 못했다. 코앞에 닥친 문제가 하나둘이 아니었던 탓이다. 집도 구해야 했고 엄마까지 편찮으셨다. 게다가 이사하고 난 후 얼마 지나지 않아 엄마가 돌아가셨고……. 콘라트의 전 부인도 계속 문제였고 딸들도 걸핏하면 우리 집에 와서 나를 괴롭혔다. 그런 상황에서 덜컥 임신까지 하게 되었다.

결국 새미가 혼자 있는 시간이 많아졌다. 혼자 자기 방에 틀어박혀 대체 뭘 하는지 코빼기도 보이지 않았다. 걸핏하면 화를 냈고 툴툴거렸다. 좀 더 관심을 기울였어야 했는데, 미안하게도 나는 너무 빨리 대화를 포기해 버렸다.

그랬다. 새미가 변했다. 한번은 고민 끝에 레안더한테 전화를 걸어 이것저것 물어보기도 했다. 아기 때문에 꼼짝도 못하고 가만히 누워 있어야 할 때였다. 레안더는 여자친구 카를로타 이야기를 들려주었다. 새미가 그것 때문에 고민하는 것일까? 몇 번이나 새미와 이야기를 해 보려고 했지만 새미가 좀처럼 응하지 않았다. 그러다 어느 날부턴가 새미가 라파엘과 어울리기 시작했다. 특별히 마음에 드는 아이는 아니었지만 그 아이 아빠가 판사인 데다 예전부터 안면이 있는 사이라 걱정하지는 않았다. 라파엘 조벨이 그런 아이인 줄은 정말 꿈에도 몰랐다. 그 친구들도, 그 애들이 어울려 다니면서 무슨 짓을 하는지도, 나는 정말 아무것도 몰랐다.

그리고 우리는…

가을이 깊어졌다. 잎이 떨어진 나뭇가지가 휑했다. 잦은 비와 바람 탓에 예년보다 한 달은 더 일찍 낙엽이 떨어졌다. 세상은 우중충했고 내 기분도 다르지 않았다. 엄마와 콘라트 아저씨가 결혼식 준비에 여념이 없을 동안 나는 울적한 마음으로 거리를 방황하며 시간을 죽였다.

"새미, 무슨 일 있니?"

가끔씩 엄마가 물었다. 목소리에서 초조함과 짜증이 묻어났다.

"일이 있어야 돼요? 아무 일도 없어요."

나는 중얼거렸다.

"뭐든 이야기해 봐."

엄마가 재촉했다. 나는 경멸 어린 시선을 던졌다.

"어차피 듣지도 않을 거면서."

우리는 마주 보았다. 우리 사이에는 건널 수 없는 강이 놓여 있었다.

"레안더한테 전화해 보렴."

엄마가 말했다.

"싫어."

나는 참담한 심정으로 중얼거렸다.

"대체 무슨 일이 있었기에 너희 둘이 이렇게 된 거니?"

나는 머리를 쓸어올렸다.

"뭐든 터놓고 이야기해."

말은 저렇게 하지만 엄마의 생각은 딴 곳에 가 있었다. 콘라트 아저씨, 코앞에 닥친 결혼식, 청첩장, 뱃속에 든 아기…… . 나만 없었다. 엄마 머릿속엔 나만 빠져 있었다. 예전에 엄마는 이러지 않았다. 예전엔 모두들 이러지 않았다.

"아기는 왜 낳으려는 거야?"

내가 불쑥 물었다.

"엄마 나이에 임신이라니…… 창피해서…… ."

엄마가 속상한 표정으로 나를 바라보았다.

"새미, 무슨 말을 그렇게 하니?"

엄마가 말했다. 왜 엄마는 뱃속 아기 이야기만 하면 저렇게 화를 내는 걸까?

"애를 왜 또 낳아? 저 멍청이 소피아가 만날 징징거리는 것도 듣기 싫어 죽을 것 같은데. 애는 이미 충분하지 않아?"

엄마가 대답을 했는지, 했다면 뭐라고 했는지 기억도 안 난다.

하긴 뭐라고 했건 상관도 없다. 어차피 엄마는 임신을 했고 콘라트 아저씨랑 결혼을 할 것이고 완전히 새 인생을 시작할 것이다. 직장도 벌써 때려치웠다. 예전에 내가 알던 엄마가 아니었다. 완전히 낯선 사람이 되어 버렸다.

갈 곳이 없었다. 나도 모르게 자꾸만 크리스티안네 애완동물 가게로 발길이 향했다. 크리스티안의 부모님은 이 가게 말고도 카페를 하나 더 운영하고 있어서 학교가 끝나면 크리스티안에게 자주 가게를 맡겼다. 크리스티안은 가게 보는 일이 싫다며 아주 질색을 했지만 나는 재미있었다. 내가 손님들에게 햄스터와 작은 쳇바퀴, 햄스터 먹이, 고양이 사료, 병에 든 금붕어를 파는 동안 코딱지만 한 가게 뒷방에선 알료샤와 크리스티안, 라파엘이 고슴도치들끼리 싸움을 붙였다. 또 암토끼의 성기를 탐구하거나 겁에 질려 안절부절못하는 햄스터 두 마리를 교미시키려고 애를 썼다.

"알료샤, 두 놈 다 수컷이야."

크리스티안이 킥킥대며 외치는 소리가 가게 앞쪽까지 들려왔다.

"자꾸 포개지 마. 두 놈 다 수컷이라니까. 내 말 못 들었어?"

"이놈들은 호모야. 그게 더 재미있잖아."

알료샤가 대답했다. 가게에 여자 손님이 들어와서 앵무새 먹이를 사려던 참이었다. 그 소리를 듣고 나도 킥킥거렸다. 손님이 미심쩍은 표정으로 나를 살폈다.

"너희들 동물 학대하는 거 아니니?"

그녀가 말했다.

"글쎄요."

나는 의미심장한 말투로 대답했다.

"뭐? 가게 주인 어디 계시니?"

그녀가 화가 나서 물었다.

"그냥 장난이에요."

나는 얼른 얼버무렸다. 손님이 나와 가게 뒤편을 째려보다가 밖으로 나갔다.

"우리 알바생, 칵테일 한잔 어때?"

손님이 나가자 크리스티안이 가게로 나와 물었다.

"칵테일이라고 만만하게 보면 안 돼. 내가 아주 센 걸로 왕창 섞을 거거든."

그날 크리스티안네 애완동물 가게 뒷방에서 나는 난생처음 술에 취했다. 크리스티안이 가게 문을 닫았고 알료샤가 문에 '근조謹弔'라고 적힌 팻말을 내걸었다.

"누가 죽었어?"

라파엘이 혀 꼬부라진 목소리로 물었다. 크리스티안이 믹서를 돌리며 술을 부었다.

"그만 만들어."

라파엘이 손을 저으며 역겹다는 듯 얼굴을 찌푸렸다.

"한 모금만 더 마시면 내가 사람이 아니고 쥐새끼다."

갑자기 크리스티안이 의미심장한 표정으로 킥킥거리며 어둑한 가게로 다시 나갔다. 돌아온 그의 손에는 작은 쥐 세 마리가 들려 있었다. 크리스티안은 쥐들의 가느다란 꼬리를 쥐고는 라파엘의 얼굴 앞으로 가져가 흔들었다.

"자, 여기, 너네 동족."

그가 웃으며 말했다. 쥐들이 겁에 질려 새된 소리로 찍찍거렸다.

"웩, 얼른 치워. 쥐새끼 얼른 치우라고."

라파엘이 질색을 했다.

"근조라고 붙였으니 돌아가신 분이 계셔야지."

크리스티안이 킥킥대면서 반쯤 찬 믹서에 쥐를 집어넣었다. 눈앞이 새카맸다. 세상이 빙빙 돌았다. 갑자기 찰리와 내가 죽인 두 마리 새가 떠올랐다. 도망치듯 얼른 뒷방을 나와 가게 문 쪽으로 달려갔다. 닫힌 가게 문을 열면서 계속 토했는데, 그 시간이 영원처럼 길었다. 라파엘과 알료샤, 크리스티안이 따라왔지만 내 토사물을 보고 욕만 해 댔다. 나는 겨우겨우 가게 밖으로 뛰쳐나와 절망스런 심정으로 달아났다.

───────

하지만 그 아이들에게서 달아나지는 못했다. 내가 가게를 더럽혀서 셋이 완전히 화가 났지만 나는 여전히 그들과의 관계를 끊지 못했다. 이틀 동안 학교에 안 갔으면서도 그렇게 하지 못했다. 집에선 결혼식 준비가 한창이었고 부엌 냉장고엔 아기의 초음파 사진이 붙어 있었다. 우리 엄마 뱃속의 검은 동굴에 자리 잡은 작고 하얀 덩어리.

"재수 없어."

사진을 처음 본 순간 나는 그렇게 중얼거렸다.

"사무엘!"

콘라트 아저씨가 화를 내며 소리쳤다.

"제 생각을 표현했을 뿐이에요."

내가 대꾸했다.

"둘이 그만 좀 싸워."

엄마가 애원했다.

"저렇게 버릇없이 행동하는데 왜 당신은 애 편만 드는 거야?"

콘라트 아저씨가 화를 주체하지 못하고 씩씩거렸다.

"그나저나 새미, 너 왜 학교에 안 가니?"

갑자기 엄마가 시계를 보며 물었다.

"아파요."

나는 남 일처럼 무심하게 말했다.

"어제 얼마나 마셨는지 아직도 술 냄새가 진동을 하는구나."

화를 삭이지 못한 콘라트 아저씨가 말했다. 나는 어깨를 으쓱했다.

"심각하게 걱정해야 하는 거 아닌가 싶다."

엄마가 말하며 내가 무슨 독극물이라도 되는 양 쳐다보았다. 적

어도 내 느낌은 그랬다. 뭐, 엄마가 진심으로 날 걱정했을 수도 있
겠지만.

"잔소리 좀 그만해요."

나는 짜증을 내며 내 방으로 올라갔다. 하루 종일 침대에 누워 영
화를 보았다. 공포 영화 한 편, 정말로 야한 포르노 영화 한 편, 그
리고 디즈니 애니메이션 〈밤비〉. 나는 몇 번 자위를 했고 그러는 동
안 카를로타와 레안더, 아누쉬카와 프란츠 보로비코프스키의 여동
생을 생각했다. 기분이 자꾸만 곤두박질쳤다. 나는 프랑스의 카타
리나 이모한테 전화를 걸어 외할아버지의 안부를 물었다.

"별로 안 좋으시네."

이모가 슬픈 목소리로 말했다.

"정신이 오락가락하셔. 나도 못 알아보시고."

"씨발."

나도 모르게 욕이 툭 튀어나왔다.

"뭐라고 했니?"

이모가 물었다.

"씨발. 전부 씨발이야."

"새미, 이모 집에 놀러 와. 크리스마스 연휴 때. 어때?"

"잘 모르겠어요."

내가 나직이 말했다.

"뭐라고? 잘 안 들려. 새미, 어디 아프니?"

이모가 물었다.

"엄마가 임신을 했어요. 이모도 알아요?"

내가 수화기에 대고 고함을 질렀다.

"응, 알아. 엄마한텐 잘된 일이지."

"나한텐 잘된 일이 아니에요."

내가 우울하게 말했다. 이모가 또 "뭐라고?" 하고 묻길래 그냥 전화를 끊어 버렸다. 기분이 더러웠다. 멍하니 앉아 앞만 바라보았다. 주말에도 방에만 처박혀 있었다. 엄마가 아기 때문에 힘들어하기 시작한 바로 그 주말이었다. 무슨 일인지는 잘 몰랐지만 엄마가 갑자기 심한 통증을 호소했고 콘라트 아저씨가 엄마의 배를 진찰했다. 아저씨는 엄마를 침대에 누이고 알약 몇 개를 주며 먹으라고 했다. 하지만 알약을 먹고 더 속이 뒤집혔는지 엄마는 한동안 화장실에 갇혀 계속 구토를 했다.

"또 토해?"

콘라트 아저씨가 화장실 문에 서서 안타까워했다.

"무슨 일이에요?"

계단참에서 아래를 향해 내가 물었다.

"별일 아니니까 걱정 안 해도 돼."

아저씨가 단칼에 잘라 말했다.

"잊으셨나 본데 우리 엄마거든요."

내가 화를 내며 소리쳤다.

"무슨 일이기에 갑자기 아파요?"

콘라트 아저씨가 나를 올려다보며 인상을 쓰더니 잠시 생각에 잠겼다가 내게 엄마의 배에서 일어나고 있는 의학적 현상을 아주 상세하게 설명하기 시작했다. 무슨 말인지 하나도 알아들을 수 없었지만 콘라트 아저씨도 나를 이해시킬 생각은 별로 없는 듯했다. 어쨌든 우리는 서로를 짜증스러운 표정으로 노려보았다.

"아, 됐어요."

결국 내가 못 참고 아저씨의 말을 중단시켰다.

"의대생한테 강의하는 것도 아니고. 그러니까 내가 알고 싶은 것은요……."

"뭔데?"

"그렇게 멋지게 설명하신 내용이 우리 엄마가 위험하단 뜻인가요?"

콘라트 아저씨가 고개를 저었다.

"엄마는 아냐. 아기가 위험할지도 몰라."

우리는 서로를 쳐다보았다.

"아기는 지금 손가락보다 작거든."

콘라트 아저씨가 말했다.

"왜 날 그런 표정으로 쳐다봐요?"

내가 웅얼거렸다.

"엄마한테 쓸데없이 스트레스를 주면 안 된다는 말을 하고 싶어서 그래."

나는 대꾸하지 않았다. 그러나 결국엔 콘라트 아저씨가 시키는 대로 했다. 자발적 고독을 중단하고 라파엘 패거리에게로 돌아간 것이다.

———

하늘이 어두웠다. 저 멀리 숲이 시작되는 부근만 약간 환했다. 그곳의 하늘에다 누군가 물기 많고 부드러운 붓으로 희망을 담은 흰 줄무늬를 그려 넣은 듯했다.

"숲에 가고 싶다."

나도 모르게 입에서 이런 말이 튀어나왔다. 라파엘과 자동차에 기대어 다른 아이들이 오기를 기다리던 중이었다. 아차, 혀를 잘라 버리고 싶었다.

"뭔 소리야?"

라파엘이 황당하다는 표정으로 나를 보며 물었다.

"아무것도 아냐. 그냥 혼잣말한 거야."

얼른 얼버무렸다.

"아무것도 없는 숲에는 왜 가? 더구나 이런 개떡 같은 날씨에."

라파엘이 고개를 저으며 입고 있던 비싼 재킷의 깃을 세웠다. 나는 입을 다물었다.

"크리스티안이 너 때문에 부모님한테 엄청 혼난 거 알아?"

라파엘이 내 가슴께를 팔꿈치로 툭 쳤다.

"온 식구가 서로 안 치우겠다고 싸웠다는데."

라파엘이 재미있어 죽겠다는 표정으로 웃어 젖혔다. 생각만 해도 창피했다. 입이 열 개라도 할 말이 없어서 그냥 아무 말도 안 했다.

"결국 크리스티안네 폴란드 파출부가 말라붙은 너의 위장 내용물을 치웠다는군."

라파엘이 고개를 저으면서 날 쳐다보았다.

"소화력이 안 좋은가 봐. 먹은 게 그대로 있었다는데."

그가 비웃듯이 말했다. 나는 여전히 입을 열지 않았다.

"크리스티안이 너한테 돈 달라고 할 거야."

라파엘이 웃으며 말했다.

"왜?"

내가 놀라 물었다.

"파출부한테 돈을 줬거든. 네가 한 짓이니까 네가……. 쉿! 저기 프란츠 온다."

라파엘이 프란츠에게로 걸어가면서 팔을 쭉 뻗었다. 마치 달려가는 꼬마아이를 장난스럽게 붙잡는 것만 같았다.

"안녕, 못생긴 러시아 돼지."

그는 그렇게 말하며 걸음을 멈췄다.

"너희…… 내 동생한테 무슨 짓을 한 거야?"

프란츠가 분을 참지 못하고 고함을 질렀다.

"어허, 친구한테 무슨 인사가 이래? 그러면 못써요. 나빠요."

라파엘이 프란츠의 볼을 꼬집었다.

"안녕하세요, 조벨 씨. 이렇게 인사하는 거야. 그리고 예의를 갖춰서 정중하게 절을 해야지."

프란츠가 꼿꼿하게 서서 우리를 노려보았다.

"라파엘이 한 말 못 들었어?"

내가 벌컥 고함을 지르며 프란츠의 창백한 얼굴에 주먹을 날렸다. 순간적으로 치밀어 오르는 분노를 참을 수가 없었다.

"어서 해. 시키는 대로 하란 말이야."

다시 한 번 내가 소리쳤다. 프란츠는 결국 또 시키는 대로 했다. 얌전하게 인사말을 건네면서 절을 했다. 한 번, 두 번, 세 번, 네 번…… 열 번…… 열다섯 번. 그러는 동안 크리스티안과 알료샤도 왔다. 지나가는 아이들 몇 명이 우리를 쳐다보기에 프란츠를 근처 수풀 뒤로 끌고 갔다. 거기서 프란츠는 얌전히 옷을 벗었고 빚도 갚았으며 비에 젖은 진흙을 피아노 삼아 긴 곡을 연주했다. 퍽, 퍽, 퍽……. 흙이 사방으로 튀었다. 우리는 히죽거리며 박수를 친 다음 프란츠를 놓아주었다.

"학교 가자."

크리스티안이 웃으며 우리에게 다정하게 말했다. 온몸이 진흙투성이가 된 프란츠는 가만히 서 있었다.

"아, 참."

라파엘이 부드러운 음성으로 말했다.

"네 여동생 건드리지 말라면 그렇게 하지.

프란츠가 고개를 들었다.

"……경호 비용만 내면 우리가 안전하게 보호해 줄 거야."

라파엘이 흙투성이가 된 프란츠의 뺨을 쓰다듬었다.

"선심 썼다. 일주일에 10유로만 내. 가난한 이민자 가정의 아들이라니까 특별히 봐주는 거야."

그 말을 마치고 우리는 조용히 그곳을 떠났다.

그날 프란츠는 학교에 오지 않았다.

————

라파엘과 알료샤, 크리스티안과 나는 프란츠가 준 돈을 넷으로 똑같이 나눴다. 나는 그중에서 파출부 비용을 빼서 크리스티안에게 주었다.

"오호, 예의가 바르군."

크리스티안이 돈을 받아 주머니에 집어넣었다.

"새는 어때?"

내가 가벼워진 마음으로 크리스티안에게 물었다. 나는 크리스티안이 늘 조금 무서웠다. 그런데 이 순간만큼은 그가 아이 같았다. 크리스티안의 표정이 눈에 띄게 어두워졌다.

"알이 깨졌어. 이유는 모르겠는데 갑자기 그렇게 돼 버렸어. 얼마나 정성껏 보살폈는데."

"저런, 어떻게 하려고? 새로 살 거야?"

"아니."

크리스티안이 고개를 저었다.

"안 되면 그걸로 끝이야. 대신 내 컴퓨터에 더 좋은 게 있어. 유키야."

"유키? 그게 뭔데?"

내가 물었다. 크리스티안이 씩 웃었다.

"내 컴퓨터에서 사는 녀석인데 정말 귀여워 죽겠어. 지난번에는 잘못해서 죽일 뻔했어."

그날 오후 크리스티안은 우리에게 유키를 소개해 주었다. 유키는 눈이 예쁜 작은 새였다. 하지만 어찌나 겁이 많은지 기대에 찬 우리의 눈빛을 보더니 다가오려고도 하지 않고 모니터에서 사라져 버렸다. 저 멀리 들려오는 겁에 질린 새의 울음소리가 시간이 갈수록 구슬프고 작아졌다.

"에이, 씨발."

크리스티안이 욕을 했다.

"너희들 때문에 겁먹었잖아. 보아하니 오늘은 안 나올 것 같아. 간신히 친해졌는데."

기분 상한 크리스티안이 인상을 쓰면서 컴퓨터를 노려보았다.

"너희들, 그냥 집에 가."

결국 우울한 표정으로 그가 말했다.

"나 혼자 있으면 유키가 나올지도 몰라. 괜히 애를 놀라게 해 가지고. 이게 뭐야?"

라파엘과 알료샤, 나는 얼른 그의 집을 나왔다.

"크리스티안…… 정상이야?"

셋이 버스 정류장에 서서 시내로 가는 버스를 기다리는 동안 내가 물었다.

"아니, 내 말은 컴퓨터 게임을 무슨, 진짜처럼 하니까……."

하지만 라파엘과 알료샤는 대수롭지 않게 생각하는 것 같았다.

"원래 저래."

알료샤가 말했다.

"우리랑 달라. 공포 영화나 그런 걸 별로 안 좋아하더라고. 성격이 섬세하고 예민해. 예전에 실수로 풍뎅이를 밟았다고 대성통곡을 한 적도 있어."

나는 가게에서 크리스티안이 쥐를 믹서에 넣어 죽였던 일을 떠올렸지만 아무 말도 하지 않았다. 그런 말을 꺼냈다간 괜히 친구들하고 사이만 안 좋아질 것 같았다.

그 주말에 엄마와 콘라트 아저씨는 결혼식을 올렸다. 땅으로 꺼지는 듯한 기분이 들었다. 나는 결혼식에 가지 않았고 혼자 방에 틀어박혀서 딴생각을 하려고 애썼다.

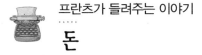

프란츠가 들려주는 이야기

돈

    나는 백러시아라는 나라에서 왔다. 우리 가족은 브랸스크의 시골 마을에서 살았다. 우리 마을은 지도에도 안 나올 정도로 작은 곳이 었다. 내가 어릴 적엔 300여 명이 살았는데 우리가 독일로 올 무렵에는 50명밖에 안 남았다. 50명의 노인들밖에.

    고향으로 돌아가고 싶다. 그곳에 살 때가 정말 좋았다. 우리 엄마의 증조할머니와 증조할아버지, 할머니와 할아버지가 모두 독일 사람이라고 하지만 나는 항상 내가 백러시아 사람이라고 생각했다. 독일 말은 너무 어렵다. 누나들과 여동생도 나처럼 백러시아에서 계속 살고 싶다고 했다. 그러나 부모님이 독일로 오고 싶어 하셨다. 백러시아에서는 도무지 일자리를 구할 수가 없었기 때문이다. 독일 에 와도 일자리가 없기는 마찬가지이지만 그래도 지금은 매달 지원금이 나온다. 더구나 음악 학교에서 장학금도 지급해 준다. 나는 피아노를 너무너무 좋아한다. 피아노를 치고 있으면 아무 생각 없이 그냥 행복해진다.

우리는 빈민가의 아주 작은 집에서 산다. 사실 집 자체가 작은 것
은 아닐 것이다. 부모님과 누나 둘, 여동생 하나, 나, 그렇게 여섯
식구가 살다 보니 집이 작게 느껴지는 것이다. 여동생 엘리자베스
는 심장병을 앓았다. 엘리자베스만 생각하면 독일로 오기를 잘했다
싶다. 여기서 벌써 두 번이나 수술을 받았는데 백러시아에 있을 때
보다 훨씬 좋아졌다.

고향에선 마을 끝자락에 있는 작은 농가에 살았다. 작은 방이 세
개, 거실 하나, 침실 하나, 코딱지만 한 애들 놀이방이 전부인 아담
한 집이었지만 밖으로 나가면 놀 데가 꽤 많았다. 근처 넓은 풀밭부
터 우리 집 마당까지 전부 놀이터였다. 염소와 닭을 넣어 키우는 우
리도 있었으며 집 바로 근처에 숲도 있었다. 피아노는 늘 교회 목사
관에서 연습했다.

그곳에 살 때는 친구가 많았다. 하지만 하나둘 가족을 따라 독일
로 떠나 버렸고 마지막엔 스체판밖에 안 남았다. 스체판은 내 친구
들 중에서 독일에 친척이 없는 유일한 아이였다. 지금 나는 열다섯
살이고 백러시아 출신의 아이들 몇 명을 빼면 이곳에는 친구가 하나
도 없다. 굳이 꼽으라면 레안더와 크누트를 들겠지만 진짜 친구라
고는 말할 수 없다. 스체판처럼 진짜 친한 친구는 아니라는 뜻이다.

새미와 라파엘, 나머지 두 녀석들에 대해선 말도 하기 싫다. 그
놈들을 생각하는 것조차 싫다. 그놈들이 나한테 했던 짓도 절대 말
하지 않을 것이다. 나는 사무엘 베커와 라파엘 조벨이 정말 싫다.

정말 정말 정말 싫다. 처음 새미를 봤을 때는 괜찮은 아이라고 생각했다. 내 키가 작은 편이라서 나랑 비슷한 체격인 새미에게 호감을 느꼈다. 진지하고 생각이 깊어 보이는 표정이 약간 스체판을 닮기도 했다. 하지만 새미는 스체판처럼 다정하지 않았다. 적어도 나한테는 그랬다. 나는 그 애가 내 여동생에게 했던 짓을 죽을 때까지 용서하지 않을 것이다. 때로는 밤에 잠도 못 이루고 새미에게 복수하는 상상을 했다. 내가 꿈꾸는 복수가 얼마나 끔찍했던지 나 스스로도 깜짝 놀라곤 했다.

새미와 그 친구 놈들이 처음으로 엘리자베스를 괴롭혔던 날, 동생은 집에 와서 오후 내내 울었다. 동생의 이야기를 들은 엄마도 같이 울었고 누나들도 같이 울었다. 아버지가 경찰서로 가겠다는 것을 엄마가 말렸다. 그래 봤자 달라질 것이 없다고, 오히려 그놈들이 엘리자베스에게 복수를 할 게 뻔하다고. 엄마 말이 맞을지도 모르겠다. 하지만 가만히 앉아 당하려니 울화통이 치밀었다. 나는 새미가 나한테 한 짓을 집에다 이야기하지 않았다. 별 소용이 없기 때문이다. 여동생을 보호하려면 그놈들에게 돈을 줄 수밖에 없었다. 두 번째 날짜에 돈을 주지 못했고, 그때마다 놈들이 엘리자베스를 괴롭혔다.

"절대 혼자 다니지 마, 엘리자베스."

아무리 경고를 해도 동생은 말을 듣지 않았다.

그놈들에게 준 돈은, 훔친 것이다. 부모님의 돈도 훔치고 음악 학교와 우리 동네 작은 신문 가게에서도 훔쳤다. 들키지 않으려고 아주 조금씩만 훔쳤다. 그러다 보니 정말 계속해서 훔쳐야 했다. 가끔은 거리에서 사람들에게 구걸하기도 했지만 그 방법은 통할 때가 거의 없었다.

한번은 운 좋게도 학교에서 200유로 지폐를 발견했다. 도서관 책장에 놓여 있었는데 아무도 보는 사람이 없었다. 그 돈으로 5주 동안 돈 걱정을 하지 않았다. 하지만 그 후엔 다시 돈을 훔칠 수밖에 없었다. 시간이 가면서 새미와 라파엘은 돈을 더 내놓으라고 협박했다. 나는 너무나 괴로워 아침마다 구역질을 했다. 어느 날은 돈을 훔치다 붙잡혀 혼이 나기도 했다.

이 나라가 싫다. 아직도 정이 안 붙는다. 그래도 내 피아노가 있다는 건 정말 좋다. 나만의 피아노이기 때문이다. 새미의 새아빠가 모든 사실을 다 알고 난 후에 사 준 피아노이다.

불편한 시간

교사 회의에서 진즉부터 이야기가 나왔다. 몇 차례 크고 작은 사건이 있었고, 분노한 학부모들이 학교로 전화를 걸어 자기 아이가 괴롭힘을 당했다고 항의했던 것이다. 맞았다는 아이들도 있었고, 성적인 행동을 강요당했다는 여학생도 있었다. 협박을 당했다는 아이들도 있었다. 교사 회의에서 그 문제를 두고 한참 동안 토론을 벌였다. 하지만 이렇다 할 결론에 이르지는 못했다. 아이들을 괴롭히는 범인이 누구인지도 모르는 상황이었다.

"저학년 학생들이 학교에 오는 걸 겁을 내요, 겁을 내."

교장 선생님이 열이 나서 호통을 쳤다.

"서둘러 대책을 마련해야지 이러다 큰일 나겠어요."

하지만 내 생각은 달랐다. 대부분의 선생님들도 그리 심각하게 생각하지는 않는 것 같았다. 우리 9학년 1반 학생들만 봐도 크게 문제를 일으킬 만한 아이가 없었다. 2반을 봐도 그렇고.

"그놈들이 저학년들만 골라 괴롭히는 것 같아요."

윤리 선생님도 맞장구를 쳤다.

"학부모들은 어떻게 대응하고 있지요?"

교장 선생님이 물었다.

"먼저 나서고 싶은 사람이 있겠어요? 다들 누군가 나서 주길 바라는 것 같아요."

선도부 선생님이 대답했다.

"괴롭힘을 당한 학생이 총 몇 명인가요?"

윤리 선생님이 물었다. 우리는 목록에 적힌 사건의 숫자를 세어 보았다.

"일곱 명이라……."

교장 선생님이 한숨을 쉬었다.

"일곱 명이나 된다고요?"

누군가 소리쳤다.

"일곱 명이면……. 선생님들, 너무 크게 생각하지는 맙시다. 애들 사이에 문제가 없던 적이 있었나요? 어느 시대, 어느 학교든지 문제는 늘 있었습니다. 일을 너무 심각하게 생각하는 것 같은데……."

다른 선생님이 말했다. 결국 우리는 별다른 대응책을 마련하지 못했다. 그냥 앞으로 조금 더 신경 써서 살펴보자고 결론을 내렸다. 그로부터 얼마 후 베히슈타인 씨가 학교에 나타났다. 베히슈타인 씨는 학교 폭력 지역 대책 위원회의 대표로 우리 학교에서 발생한 문제를 조사하기 위해 왔다고 했다. 그를 바라보는 선생님들의 시선은 엇갈렸다. 반기는 이들도 있었지만 선생님들까지 감시당한다고 기분 나빠하는 이들도 있었다.

나는 반기는 쪽이었다. 베히슈타인 씨는 일주일 동안 우리 학교를 돌아다니며 수업 참관도 하고 교사와 학생을 대상으로 설문 조사도 했다. 우리 반에도 들어와 수업을 지켜보았다. 다들 불편한 상황이었다. 그러나 안타깝게도 교내 오케스트라 사건이 터질 때까지 우리는 여전히 사태를 파악하지 못하고 있었다.

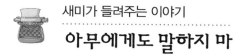

아무에게도 말하지 마

어느 날 아침, 담임 선생님이 낯선 남자를 데리고 들어왔다.

"이분은 베히슈타인 씨예요."

선생님이 설명을 했다.

"한동안 우리 교실에서 수업을 참관하실 거예요."

그러고는 신경이 곤두선 표정으로 허둥허둥 1교시를 시작했다. 베히슈타인 씨는 있는 둥 마는 둥 조용했다. 수업 시간에는 가만히 앉아 같이 수업을 들었고 쉬는 시간에는 아이들을 따라 운동장으로 내려갔다. 그리고 매일 자리를 옮겨 다녔다.

"여기 앉아도 되니?"

하루는 그가 의자를 들고 라파엘과 내 옆으로 오더니 물었다.

"당연하죠."

라파엘이 대답했다. 베히슈타인 씨가 미소를 지으며 우리 옆에 앉았다.

"여기서 뭐하세요?"

라파엘이 물었다.

"학교 구경하는 거야."

베히슈타인 씨가 말했다.

"연구해서 논문 쓰세요?"

라파엘이 호기심 어린 표정으로 다시 물었다. 베히슈타인 씨는 고개를 저었다.

"그럼 뭐하시는 분이세요?"

라파엘이 또 물었다.

"학교 폭력 위원회 대표란다."

베히슈타인 씨가 대답했다.

"학교 폭력 위원회가 여기서 뭐해요?"

라파엘이 인상을 찌푸리며 말했다. 베히슈타인 씨는 우리를 가만히 쳐다보았다.

"너희들이 서로 잘 지내는지 보려는 거야. 갈등은 없는지, 너희들의 걱정이나 문제는 뭔지."

그가 천천히 설명했다.

"아하, 염탐꾼이시구만."

라파엘이 말했다.

"맘대로 생각하렴."

베히슈타인 씨는 여전히 평온한 표정으로 대꾸했다.

일주일 후 베히슈타인 씨는 우리 반에서 2반으로 자리를 옮겼다.

알료샤와 크리스티안이 신경을 곤두세웠다. 우리가 모였을 때 한두 번 그 염탐꾼 이야기가 나왔지만 시간이 가면서 서서히 관심도 줄어들었다. 베히슈타인 씨는 책상이나 의자, 칠판처럼 자연스러운 학교 풍경의 일부가 되었다. 그런데 어느 날 불쑥 그가 다시 우리 교실로 들어왔다.

"왜 또 오셨어요, 셜록 홈즈 씨?"

라파엘이 고개를 저으면서 심통 맞게 물었다. 그가 담임 선생님과 고갯짓으로 인사를 나누자 선생님은 수업을 중단했다.

"뭐하는 거예요?"

내가 짜증을 내며 소리쳤다.

"오늘은 수업 말고 다른 걸 해 보자."

베히슈타인 씨가 말하면서 교탁에 걸터앉았다. 아이들이 책과 노트를 덮었다. 순식간에 교실이 왁자지껄해졌다. 라파엘은 뒤쪽으로 몸을 기대더니 눈을 감고 입을 꾹 다물었다. 프란츠의 손가락들이 다시 신경질적으로 책상 모서리에서 피아노를 연주했다. 다른 애들이 시끄럽게 떠들었다. 크누트와 레안더만 입을 꾹 다물고 기대에 찬 표정으로 베히슈타인 씨를 쳐다보았다. 베히슈타인 씨는 한동안 떠드는 아이들을 바라보다가 벌떡 일어나 우리 사이를 왔다 갔다 하며 번개같이 질문을 던졌다.

"브리타, 이 학급에 여학생이 몇 명이고 남학생이 몇 명이지?"

브리타가 어이없다는 듯한 표정으로 가만히 있다가 대답했다.

"스무 명이요. 아님 스물다섯 명인가? 어쨌든 오늘 다 왔어요."

베히슈타인 씨는 고개를 끄덕였다. 그리고 다시 물었다. "여학생이 몇 명이고 남학생이 몇 명이지, 크누트?"

"여학생이 열 명, 남학생이 열다섯 명입니다."

크누트가 곧바로 대답했다.

"맞았다."

베히슈타인 씨가 대답했다.

"지금 뭐하시는 거예요? 우리 심문하세요?"

라파엘이 눈을 감은 채 물었다. 베히슈타인 씨는 그의 질문을 무시했다.

"모두들 눈을 감아 보자."

그가 말했다. 교실이 조용해졌다. 당황과 의심이 묻어나는 정적이었다.

"라우라, 오늘 결석한 아이가 있니? 누가 결석했을까?"

한참 동안 조용했다. 바늘 떨어지는 소리도 들릴 정도였다.

"아니요."

라우라가 당황한 목소리로 말했다.

"다 왔어요."

"라우라를 도와줄 사람?"

베히슈타인 씨가 물었다. 아무도 대답하지 않았다.

"친구들을 떠올려 봐. 누가 빠졌니?"

베히슈타인 씨가 나직한 목소리로 다시 한 번 물었다. 하지만 소용없었다. 아무도 대답하지 않았다. 우리는 눈을 떴다.

"이게 무슨 지랄이야."

라파엘이 투덜거리며 이마를 톡톡 쳤다. 레안더가 교실을 둘러보더니 말했다.

"펠릭스가 결석했습니다. 헬레네도 안 왔고요."

베히슈타인 씨가 고개를 끄덕이며 종이를 나누어 주기 시작했다.

"아직 안 끝났어요?"

저쪽에 앉은 누군가 물었다. 누구인지는 모르겠다.

"다들 종이를 한 장씩 받았지?"

베히슈타인 씨가 투덜거리는 아이들을 향해 큰 소리로 말했다.

"거기 이름이 적혀 있을 거다. 종이마다 같은 반 친구의 이름이 하나씩 적혀 있어."

웅성거리는 소리가 커졌다.

"이제 그 종이에 적힌 이름의 주인공에 대해 몇 가지 써 보도록 하자."

"뭘 써요?"

라우라가 미심쩍다는 듯 물었다. 베히슈타인 씨는 미소를 지으며 다시 교탁으로 돌아갔다.

"어렵지 않아. 이름의 주인공이 가진 장점을 다섯 가지씩 적는 거야."

"헐, 어이없어."

나는 짜증이 나서 책상에 놓인 종이를 옆으로 확 밀었다. 종이가
바닥에 떨어졌다. 베히슈타인 씨가 내 옆으로 걸어와 종이를 집어
들더니 얼굴을 찌푸리며 내게 내밀었다. 그가 어두운 표정으로 나
를 쳐다보았다. 엄하고 딱딱한 표정으로. 나는 흠칫하여 침을 삼켰
고 그의 손에서 종이를 받았다.

"쫄지 마."

라파엘이 소리 죽여 속삭였다. 내 종이엔 하필이면 크누트의 이
름이 적혀 있었다. 이름을 보는 순간 화가 치밀어 속은 뜨거웠지만
손은 차가워졌다.

"누구야?"

내가 라파엘에게 물었다.

"파트리샤."

라파엘이 히죽 웃더니 크고 반듯한 글씨로 파트리샤의 몸매와 예
쁜 눈, 긴 갈색 머리카락에 대해 칭찬을 늘어놓았다.

"완성!"

그가 말하며 다시 의자에 기댔다. 흐뭇한 미소가 얼굴에 떠올랐다.

"잘하면 상 줘요?"

라파엘이 장난치듯 외쳤다. 나는 울적한 기분으로 말없이 앉아
있었다. 갑자기 교실이 조용해졌다. 모두들 뭘 쓸지 고민하거나 뭔
가를 끄적거렸고, 아니면 옆 사람과 속삭이거나 멍하니 앞을 바라

보고 있었다.

'크누트, 잘난 척하는 놈. 크누트, 아첨꾼.'

나는 속으로 생각했다. 크누트는 내 친구를 빼앗아 갔다. 크누트는 잘생겼다. 크누트는 여자들한테 인기가 많다. 크누트는 자신감이 넘친다. 증오의 파도가 휘몰아쳤다. 나는 종이를 구겨 힘껏 집어 던지고 교실에서 뛰쳐나갔다. 등 뒤에서 쾅 하고 문이 닫혔다. 창피했다. 내 꼴이 얼마나 우스꽝스러워 보일지 생각만 해도 창피했다. 다들 날 뭐라고 생각할까? 나는 정말 대책 없는 바보, 멍청이다.

"다 싫어."

나는 중얼거리며 학교를 나왔다. 염탐꾼의 엄한 얼굴이 계속 떠올랐다.

"나쁜 놈."

욕을 내뱉었지만 갑자기 그 욕이 정확히 누구를 향한 것인지 나 자신도 알 수가 없었다.

———

집에 가도 마음이 편치 않았다. 엄마는 하루 종일 누워 있으면서 뱃속의 아기만 걱정했다.

"걱정 좀 그만하고 일어나 움직여."

내가 이렇게 말했지만 엄마는 여전히 고개를 저으며 유산이 될까 봐 걱정을 해 댔다.

"이게 다 뭐야?"

어느 날은 엄마 방에 들어갔다가 나도 모르게 화를 내고 말았다. 사방에 임신과 육아에 관한 책들과 분홍색 알약이 든 상자가 널려 있었다.

"엄마, 약 먹고 죽으려는 거야? 무슨 약이 이렇게 많아?"

나는 벌컥 소리를 지르면서 엄마의 침대 옆에 살짝 엉덩이를 걸쳤다. 우리는 서로를 바라보았다. 짜증과 슬픔이 섞인 표정으로. 둘 다.

"정말 많이 변했다, 새미."

엄마가 말했다.

"엄마도 정말 많이 변했거든요."

나는 벌떡 일어섰다.

"새미……."

"왜?"

나는 짜증을 내며 문 쪽으로 걸어갔다.

"움직여도 되면 하루 날 잡아 재미있게 보내자. 우리 둘만."

나는 고개를 저었다.

"움직여도 되면 콘라트 아저씨 애가 엄마 붙들고 늘어질 거야."

나는 밖으로 나갔다. 그날 이후로는 엄마를 본 적이 거의 없었다. 엄마가 화장실에 가느라 몇 번 부엌이나 복도에서 마주쳤지만, 오히려 엄마보다는 퇴근해서 집안일을 하는 콘라트 아저씨를 더 자주 만났다. 물론 아저씨와도 할 말은 없었다.

몇 번 아누쉬카가 내 방으로 왔고, 나는 그 애가 별말 하지 않았는데도 알아서 돈을 주었다. 그날 목욕탕에서 재미를 본 대가였다. 그리고 다시 10유로를 주고 그녀의 가슴을 잠깐 만져 보았다. 어찌나 긴장을 했는지 손가락이 차디찼고 허둥대느라 거의 아무 느낌도 없었다. 아누쉬카는 깔보는 듯한 표정으로 나를 쳐다보았다. 아누쉬카를 볼 때마다 흥분이 되었지만 그녀를 사랑한 것은 아니었다. 그녀와 키스를 하면 어떨까 수천 번도 더 상상했지만 막상 10유로를 주고 가슴을 만지고 나니 너무나 기분이 비참했다. 밤이면 내가 어쩌다 이런 괴물이 되어 버렸는지 생각했다.

———

시간이 강물처럼 흘러 12월이 되었다. 알료샤가 갑자기 우리랑 놀 시간이 없을 정도로 바빠졌다. 크리스티안네 가게에도 통 나타나지 않았다. 크리스티안도 시간이 없었다. 유키하고 놀거나 라파엘한테서 산 컴퓨터 게임을 하느라 정신이 없었다.

"사이버 섹스 프로그램이야."

라파엘이 설명했다.

"너도 보여 줄까? 아니면 영화는 어때? 끝내주는 거 있는데."

나는 고개를 저었다. 라파엘의 영화는 시들해졌다. 볼 만큼 봐서 이젠 별로 흥분도 안 되었다.

"프란츠는 어때? 이번 주 돈 줬어?"

내가 물었다. 라파엘이 고개를 끄덕이며 내 몫을 꺼내 주었다.

학교가 끝나고 집으로 가는 길에 저학년 세 명을 만났다. 애들은 나를 보더니 놀라서 멈칫했다. 나는 그 두려움을 즐겼다.

"오줌싸개들, 안녕."

내가 먼저 인사를 했다.

"이러지 마세요."

한 아이가 조심스럽게 대답했다. 나는 눈을 질끈 감고 인상을 썼다. 처음으로 혼자서 권력을 시험해 볼 기회가 왔다. 라파엘은 오늘 아빠가 쉬는 날이라 같이 테니스를 쳐야 한다고 먼저 갔다. 나 혼자 있어도 아이들이 겁을 집어먹을 만큼 내가 이렇게 나쁜 놈이 되었나? 잠시 그런 생각이 들었다. 기분이 살짝 나빴지만 이내 마음을 고쳐먹었다. 라파엘의 영화에 빠졌던 것처럼 이제 나는 권력이라는 게임의 맛에 흠뻑 빠져 있었다.

그날 아이들한테서 여러 가지 물건을 빼앗았다. 쓸 만한 것이 제법 많았다. 스마트폰 하나, 스포츠 가방 하나, 값비싼 요요, 10유로가 든 지갑. 나는 그 애들에게 다른 사람한테 말하면 죽인다고 협박한 후 흡족한 마음으로 집으로 돌아갔다.

며칠 후 베히슈타인 씨가 다시 교실로 들어왔다. 혹시나 그 일 때문인가 싶어 심장이 뛰었다. 그놈들이 고자질을 했나?

"아무에게도 말하지 마. 알지?"

나는 이렇게 협박하며 꿀밤을 주고 따귀를 때렸었다. 한 아이의 뒤통수 머리채를 잡아당기고 나중에 보니 내 손에 머리카락이 잔뜩 붙어 있었다. 나는 겁에 질려 가만히 앉아 있었다. 벽에는 여전히 우리의 이름과 장점이 적힌 종이들이 반쯤 찢어진 채 붙어 있었다. 크누트의 이름 밑에도 누군가 다섯 문장을 써 놓았다. 누가 그랬는지 모르겠다. 알려고 하지도 않았고 그 스물다섯 장의 종이를 쳐다본 적도 없었다. 나에 대해 뭐라고 썼는지 남몰래 숨어서 찾아보지도 않았다. 전부 다 한심한 짓거리였다.

베히슈타인 씨가 교실에 들어오더니 책상 정리를 부탁했다. 책상을 창문 쪽 벽으로 전부 옮기라고 했다. 한바탕 소동이 벌어졌다. 대부분의 아이들이 베히슈타인 씨를 정신병자 취급했다. 베히슈타인 씨는 그러거나 말거나 크게 신경 쓰지 않았고, 그래서 더더욱 짜증이 났다. 라파엘은 오늘 학교에 오지 않았다. 병원에 간다고 했다. 라파엘이 없으니 허허벌판에 혼자 떨어진 듯 외로웠다. 나는 교실 제일 뒤쪽 창문으로 걸어가 밖을 내다보았다.

"사무엘, 여기 좀 봐라."

베히슈타인 씨가 말했다. 나는 그를 노려보았다.

"고맙구나."

베히슈타인 씨가 친절하게 말했다.

"씨발."

낮게 중얼거렸지만 아무도 신경 쓰지 않았다.

"원을 그리며 서 보자."

베히슈타인 씨가 소리쳤다. 아이들이 여전히 떠들어 댔지만 조금씩 둥그렇게 원이 만들어졌다.

"자, 이쪽은 여학생, 저쪽은 남학생."

베히슈타인 씨는 미소를 지으며 우리를 둘러보았다. 우리는 입을 다물고 조용히 기다렸다. 나는 게오르크와 율리안 사이에 서 있었다. 따분하고 한심한 컴퓨터광들. 그 둘과는 한 번도 대화를 해 본 적이 없었다.

"이거 분위기가 너무 엄숙한데. 조금 더 섞어 보면 어떨까?"

베히슈타인 씨가 명랑하게 말했다. 우리는 가만히 서 있었다.

"10초의 시간을 주마. 할 수 있지?"

그가 손목시계를 들여다보며 말했다.

"자, 출발!"

나는 꼼짝도 하지 않고 제자리에서 서 있었다. 하지만 다른 아이들은 이리저리 뛰어다니고 서로 부딪치기도 하면서 자리를 바꿨다. 점점 짜증이 났다.

"스톱!"

베히슈타인 씨가 소리치며 우리를 보았다.

"좋아, 훨씬 좋아졌구나."

그가 흡족한 표정으로 말했다. 이제 나는 아일린과 휠체어를 타는 펠릭스 사이에 서 있었다.

"이제 다시 교실 한가운데로 모이자. 눈을 감고 아까 누구 곁에 서 있었는지 떠올려 보렴. 기억나지?"

몇몇 아이들이 웃음을 터트렸다. 나는 웃지 않았다.

"유치원 생일 잔치라도 하는 거야?"

내가 툴툴거렸다. 담임 선생님이 나무라는 표정으로 나를 쳐다보았다.

"다들 기억나지? 왼쪽에 누가 서 있었는지, 오른쪽에 누가 서 있었는지. 눈을 감은 상태에서 다시 그 자리로 돌아가는 거야."

나 혼자 눈을 뜨고 아이들이 비틀거리면서 부딪치고 더듬거리는 꼴을 지켜보았다. 한바탕 난리가 났다. 이번에는 10초보다 훨씬 오래 걸렸다. 그래도 모두들 다시 원을 그리며 섰다. 비록 원이 아까와는 달리 삐뚤빼뚤했지만. 휠체어에 탄 펠릭스가 아까보다 더 바짝 내 옆에 붙어 있었다. 나는 펠릭스를 째려보았다. 아일린이 나를 향해 미소를 지었다. 베히슈타인 씨가 기분이 좋은지 활짝 웃었다. 사이사이 그는 뭔가를 공책에 기록했다.

"자, 이제 오늘의 마지막 게임이 남았구나."

그가 우리를 차례차례 훑어보았다.

"모두들 손을 잡고……."

아이들이 당황하여 웃었다. 하지만 결국 하나둘씩 팔을 뻗어 손을 잡았다. 갑자기 아일린의 따뜻하고 부드러운 손이 나의 왼손을 잡았다. 펠릭스도 휠체어를 잡고 있던 손을 쭈뼛거리며 내 오른손을 향해 뻗었다.

"짜증 나."

나는 투덜거리며 그 손을 뿌리쳤다.

"분위기 망치지 마라, 사무엘."

베히슈타인 씨가 다정하게 말했다. 잠시 망설였지만 나는 결국 아일린과 펠릭스에게 내 손을 맡겼다. 어색했다. 프란츠는 브리타와 레안더 사이에 서 있었다.

"지금부터 서로에게 다정한 말을 해 보자. 너희들은 한 교실에서 같이 공부하는 친구야. 서로에 대해 자신보다 더 잘 아는 사이지. 그렇지 않니? 옆에 있는 친구의 얼굴을 보면서 상대의 어떤 점이 마음에 드는지 이야기해 보기로 하자."

아이들의 당황한 목소리가 들려왔다. 이 무슨 유치하고 병신 같은 짓인지. 갑자기 내 차례가 돌아왔다. 나에게도 그런 말을 하라고 했다. 모두가 나를 쳐다보았다. 자신의 장점을 내 입으로 들어야 하는 펠릭스만 차마 내 쪽을 보지 못하고 땅만 내려다보았다. 그의 거부감이 눈에 훤히 보였다. 나는 살짝 옆으로 물러났다. 교실 안은 밖에서 내리는 빗소리가 들릴 정도로 고요했다. 불현듯 아이들과 나를 가르는 벽이 강렬하게 다가왔다. 라파엘이 그리웠다.

"뭘 봐?"

나는 차가운 눈으로 아이들을 쳐다보았다.

"네 차례야."

크누트가 말했다.

"안 해. 너나 해. 이걸 왜 해?"

나는 이렇게 말하고 교실을 뛰쳐나갔다.

레안더와 카를로타는 더 이상 커플이 아니었다. 둘은 얼마 전 헤어졌다. 우연히 알게 된 사실이었다. 라파엘하고 크리스마스 시장에 가다가 카를로타와 정통으로 마주친 것이다. 회전목마 앞에서 딱 마주쳤을 때 나도 모르게 입에서 비명이 튀어나왔다.

"깜짝이야."

카를로타는 모르는 남자아이의 손을 잡고서 회전목마를 타는 동생들을 지켜보고 있었다. 목마가 돌면서 빨간 불자동차를 지나칠 때마다 막스와 스반테가 고래고래 함성을 질렀다. 그 둘의 함성 소리는 절대로 못 들을 수가 없다.

"카를로오오오타!"

그러고는 또 이렇게 외쳤다.

"카를로타, 저기 새미, 새미……."

"안녕."

인사를 채 마치기도 전에 라파엘이 나를 잡아당겼고 카를로타 역시 나와 길게 이야기하고 싶은 표정이 아니었다. 그녀의 모습이 얼마나 예뻤던지 또다시 비참한 기분이 몰려왔다.

"재수 없어. 빨간 머리야."

라파엘이 바닥에 침을 뱉었다.

"네가 왜 좋아하는지는 몰라도 나는 빨간 머리 싫어."

레안더도 그때 수영장에서 똑같은 말을 했었다. 해묵은 상처가 다시 되살아나면서 레안더와 카를로타를 향한 그리움이 솟구쳤다.

"넌 누구 좋아해 본 적 없어?"

조심스레 라파엘에게 물었다. 라파엘은 입을 삐죽했다.

"글쎄. 나도 아빠하고 생각이 같아. 여자들은 남자를 망칠 뿐이야. 우리 엄마처럼……."

"엄마가 왜?"

그때 처음으로 라파엘이 아빠하고만 산다는 사실을 알게 되었다. 생각해 보니 그동안 라파엘은 엄마 이야기를 입에 올린 적이 한 번도 없었다. 왜 그걸 이제야 깨달았을까? 의아했다. 라파엘이 사는 큰 집엔 그와 늘 바쁜 아빠, 그리고 짜증만 부리는 불친절한 가정부 아줌마밖에 없었다.

"내가 네 살 때 엄마가 내뺐지."

라파엘이 무심하게 말했다.

"집을 나가셨다고?"

내가 놀라 물었다. 라파엘은 고개를 끄덕였다.

"왜?"

내가 호기심에 물었다.

"나도 몰라, 판사님께서 이야기를 안 해 주시니까. 아마 판사님이 바람을 피웠겠지. 늘 여자가 있었거든. 비서에 실습생에⋯⋯. 나는 몰라. 어쨌든 어느 날 미국으로 가서 안 왔어."

"너한테는 어땠는데?"

내가 물었다.

"무슨 뜻이야?"

라파엘이 되물었다.

"엄마가 네 생각은 안 했냐고?"

라파엘이 고개를 저었다.

"처음에는 편지도 쓰고 그랬지. 그러다 언젠가부터 편지도 안 오더라. 거기서 새 가정을 꾸렸다고."

"빌어먹을."

내가 중얼거렸다.

"왜 그래?"

라파엘이 무심하게 말했다.

"나 어릴 때 보모들이 얼마나 많았는데⋯⋯. 엄청나게 많았다니까. 혼자가 아니었다고."

"그랬겠지."

나는 미심쩍은 듯 대답했다.

"여친 같은 거 필요 없어."

라파엘이 말했다.

"사랑, 멍청한 짓이야. 아, 물론 섹스를 할 여자는 있어야겠지. 우리 아빠도 그렇게 생각해. 나도 그렇고."

우리는 침묵했다. 이번에는 상당히 오랫동안 말이 없었다. 이 짧은 대화로 너무 가까운 사이가 된 것 같아 둘 다 살짝 불편했던 모양이다. 어쨌든 그 후로 우리는 두 번 다시 라파엘의 엄마에 대해 이야기하지 않았다.

크리스마스 직전에야 나는 알료샤가 그동안 왜 그렇게 바빴는지 그 이유를 알았다.

"연주해야 해."

라파엘이 무심하게 말했다.

"무슨 연주?"

내가 놀라 물었다.

"오케스트라 연주회 하잖아."

라파엘이 황당하다는 듯 대답했다. 무슨 말인지 알아듣지 못해 다시 물었다.

"무슨 오케스트라?"

우리는 학교 뒤 작은 담 위에 앉아 프란츠를 기다리고 있었다.

"정말 모른단 말이야? 알료샤는 우리 학교에서 제일 잘나가는 바이올리니스트야."

라파엘이 믿기지는 않겠지만 사실이라고 했다.

"뭐? 진짜?"

믿을 수가 없었다. 라파엘은 고개를 끄덕였다.

"그 집 식구들 전부 음악 하잖아. 세 살 때부터 바이올린을 켰다고 하던데. 정말로 잘해. 진짜 재능 있어."

"알료샤가 교내 오케스트라에서 바이올린을 연주한다고?"

알료샤가 프란츠를 진흙 바닥에 집어 던지면서 거기서 피아노 연주를 하라고 시키던 장면이 떠올랐다. 겁에 질린 저학년 꼬마들을 때리고 전기 충격기로 괴롭히던 모습도 떠올랐다. 알료샤도 나 같은 인간일지 모른다. 감정이라고는 없는, 아무것도 느끼지 못하는 괴물. 갑자기 머릿속이 어지러워 담에 몸을 기댔다.

"왜 그래? 얼굴이 창백해."

라파엘이 놀라 물었다.

"아무것도 아냐."

나는 피곤하고 당황스러웠다. 우리는 자리를 털고 일어섰다. 프란츠가 학교를 또 빼먹었기 때문에 덩치 작은 7학년을 붙들어 스마트폰을 빼앗고 주먹으로 배를 갈겼다. 놈은 멍한 표정으로 그 자리에 서 있었다. 우리는 놈을 지나 학교로 유유히 걸어갔다.

———

교내 오케스트라 연주회가 열리던 날이었다. 대강당이 화려하게 변신했고 객석은 학생, 교사, 학부모 들로 초만원이었다. 베히슈타인 씨도 참석해 선생님들과 같이 우리 앞줄에 앉아 있었다. 라파엘과 내가 뒷좌석에 앉자 그는 고개를 돌려 우리를 쳐다보았다. 라파엘이 인사를 했기 때문에 나도 덩달아 인사했지만 그는 말없이 아주 이상한 표정으로 우리를 쳐다보기만 했다. 나는 그의 시선을 피해 얼른 다른 곳으로 눈길을 돌렸다. 사람들로 붐볐지만 금방 알료샤를 찾아냈다. 그는 무언가에 몰두한 듯 인상을 잔뜩 찌푸린 채 바이올린을 들고 보면대 앞에 서 있었다. 가느다랗고 긴 손가락으로 악기를 조율하는 중이었다.

나는 최면에 걸린 사람처럼 그의 손가락을 쳐다보았다. 머릿속으로 온갖 장면들이 스쳐 지나갔다. 알료샤가 그 손으로 저질렀던 온갖 일들이.

"저기 저 사람들이 알료샤네 가족이야."

관객들에게 둘러싸여 거만한 표정으로 신나게 떠들어 대는 한 무리의 사람들을 가리키며 라파엘이 히죽 웃었다. 비싼 보석이라도 되는 양 클라리넷을 조심스럽게 들고 있는 크누트도 보였다. 당연히 레안더도 왔다. 레안더가 내 쪽을 쳐다보는 바람에 나는 흠칫 놀라 얼른 시선을 돌려 버렸다. 사람들이 흥분하여 떠들어 대는 통에 온 강당 안이 시끄러웠다. 오케스트라 단원들은 악기를 조율하거나 괜히 이리저리 뛰어다녔다. 교장 선생님은 동에 번쩍 서에 번쩍 하며 간섭을 하고 있었고, 오케스트라 단장인 음악 선생님은 긴장을 떨쳐 버리려고 혼자 큰 소리로 노래를 불렀다.

드디어 공연이 시작되었다. 객석이 조용해졌다. 제일 처음으로 크누트가 등장하여 긴 독주곡을 연주했다. 유대 민속 음악이었는데 슬프면서도 아름다웠다. 연주가 끝나자 우레와 같은 박수가 터졌다. 크누트는 미소를 지으며 퇴장했다.

라파엘과 나는 박수를 치지 않았다. 내가 크누트를 얼마나 싫어하는지 새삼 깨달았다. 그는 내게서 레안더를 앗아 갔다. 게다가 자신감이 넘치고 잘났다. 무대에 오르면서도 전혀 꾸미지 않았다. 평소 차림대로 낡은 청바지에 구깃구깃한 흰 셔츠를 입고 나왔다. 그런데도 당당했다.

"개새끼."

내가 볼멘소리로 욕을 했다. 다음 차례는 알료샤였다. 어찌나 잘 빼입었는지 완전히 딴사람 같았다. 그는 서둘러 무대로 걸어 나와 살짝 고개 숙여 인사를 하더니 곧바로 바이올린 연주를 시작했다. 눈을 꼭 감았고 박자에 맞추어 몸을 살짝 흔들었다. 알료샤는 지금 무슨 생각을 할까? 그가 연주하는 곡은 부드럽고 아름다웠으며 퍽 매혹적이었다. 다시 박수갈채가 쏟아졌다.

갑자기 프란츠가 나타났다. 언제 올라왔는지 무대 저 끝에 서 있었다. 프로그램을 보니 그가 연주할 곡은 리스트의 '소나타 나단조'였다. 프란츠가 악보를 끼고 피아노를 향해 걸어갔다. 표정이 한없이 평온했다. 이상하리만큼 평온했다. 프란츠의 저런 모습은 처음이었다. 피아노를 정복하려는 듯 당당한 걸음이었다. 나는 인상을 찌푸렸다. 저 코딱지만 한 러시아 놈이 저렇게 당당할 수가.

갑자기 라파엘이 벌떡 일어서더니 나를 일으켜 세웠다. 그는 프란츠를 노려보며 아주 천천히, 매우 힘차게 박수를 치기 시작했다. 나도 라파엘을 따라 박수를 쳤고 이내 몇 사람이 더 일어나 같이 박수를 쳤다. 교장 선생님, 윤리 선생님, 베히슈타인 씨, 담임 선생님, 크누트, 프란츠의 부모님, 그리고 나와 라파엘을 미심쩍은 눈으로 살피던 레안더까지.

프란츠는 어떻게 했을까? 프란츠는 피아노 옆에 가만히 서 있었다. 그의 손에서 악보가 툭 떨어졌다. 그가 나와 라파엘을 절망적인 시선으로 바라보았다. 그러고는 갑자기 무대 밖으로 달려 나갔다. 말없이 창백한 얼굴로, 쫓기는 짐승처럼. 한바탕 소란이 일어났고 음악 선생님이 프란츠의 악보가 흩어져 있는 피아노 쪽으로 황망히 걸어갔다. 악보를 모아 손에 든 그가 청중을 향해 말했다.

"프란츠가 너무 긴장을 했나 봅니다. 신동의 연주를 감상할 기회를 놓치신 여러분께 거듭 사과의 말씀을 드립니다. 내년에는 꼭 들을 수 있겠지요. 아쉽지만……."

연주회는 계속되었다. 하지만 내 마음은 이미 콩밭에 가 있었다. 눈길이 자꾸만 빈자리로 향했다. 크누트와 레안더, 크누트의 할아버지가 앉아 있던 그 세 자리로. 프란츠가 무대에서 뛰어나간 후 그들도 강당을 나갔다. 놀란 프란츠의 부모님을 데리고……. 나는 말없이 라파엘의 옆자리에 앉아 있었다. 이상하게도 몸이 나른했고 화가 났고 마음이 휑했다.

모든 순서가 끝나고 강당 앞에서 알료샤를 기다리고 있는데 누군가 라파엘과 내 사이를 밀고 들어와 거칠게 우리의 팔을 잡아당겼다. 베히슈타인 씨였다.

"왜 이래요?"

나는 놀라 그의 손을 쳐 냈다. 라파엘도 그랬다.

"너희들을 지켜보고 있다."

베히슈타인 씨가 소리 죽여 말했다.

"경고하는데 이제 그만해라. 이 정도면 충분해."

그 말을 마치고 그는 가 버렸고 우리는 분노 어린 시선으로 그의 뒤통수를 노려보았다.

"저게 대체 뭔 말이야?"

라파엘이 씩씩거리며 물었다. 나는 모르겠다는 듯 어깨를 살짝 으쓱해 보였다. 하지만 시간이 가면서 베히슈타인 씨의 경고를 받고 놀란 가슴도 서서히 진정되었다. 그냥 무시하자고 마음먹었다. 라파엘은 그가 사라진 그 순간 그 사람이 나타났었다는 사실 자체를 잊어버렸다. 라파엘은 그런 아이였다.

———

크리스마스가 가까워졌다. 콘라트 아저씨는 트리를 사서 장식했다. 엄마는 소파에 누워 우울한 표정으로 아저씨를 지켜보았다. 뱃속의 아기는 여전히 문제를 일으켰다. 엄마가 누워 있을 땐 아기도 조용했지만 일어나서 조금이라도 움직이려고 하면 금방 통증이 찾아왔고 아기는 금방이라도 세상에 나올 듯 요동을 쳤다.

나는 대부분의 시간을 내 방에서 보내며 내 삶에 대해 고민했다. 창에 붙은 까마귀 똥은 없어졌다. 콘라트 아저씨가 고용한 청소부가 싹 닦아 냈나 보다. 그 후 아저씨는 날아가는 독수리 모양의 검은 스티커를 창문에 붙여 주었다.

"저게 뭐예요? 저딴 걸 왜 붙여요?"

내가 짜증을 내며 물었다.

"그래야 까마귀가 안 오지."

콘라트 아저씨가 억지로 미소를 지으며 말했다.

"맘에 안 들어요."

내가 중얼거렸다.

"까마귀가 더 좋아?"

콘라트 아저씨가 당장 짜증스러운 표정으로 돌아가서는 물었다.

"네가 가서 뜯어 내. 그럼 예전으로 돌아갈 테니까."

"알았어요."

나는 웅얼거렸다.

"그럼 됐다."

아저씨가 문 쪽으로 걸어가다 갑자기 몸을 돌려 말했다.

"아, 참."

"왜요?"

내가 퉁명스럽게 대꾸했다.

"내년엔 네 방을 약간 줄여야겠다. 저기 책장 있는 구석만."

"왜요?"

나는 화가 나서 물었다.

"의사 선생님, 미안하지만 이건 내 방이거든요."

"박공 쪽에 창문을 하나 내려고. 아누쉬카하고 소피아도 방이 있어야 하잖니."

콘라트 아저씨가 한숨을 쉬었다.

"며칠 전에 방을 측량하려고 올라왔었다. 장을 옆으로 밀었는데 또 장만했더구나. 네 그 영화들 말이다."

눈앞이 캄캄해졌다.

"새미, 그 정도면 어른이 봐도 해로운 수준이야. 대부분 금지 영화고. 대체 그런 더러운 물건을 어디서 구하는 거니?"

나는 아무 말도 하지 않았다.

"새미……."

나는 침묵을 고집했다.

"왜 그러는 거야? 대체 뭐가 불만이야?"

콘라트 아저씨가 화를 냈다.

"네가 보는 게 뭔지 정말 모르는 거야? 그게 얼마나 잔인하고 여성을 비하하는 물건인지 정말 모르겠어? 뭐가 좋은 거냐? 사람을 죽이고 때리는 것이 좋아? 여자를 멸시하는 것이 좋아? 아니면 그런 이상한 짓거리들이 좋아?"

나는 아저씨 뒤편의 벽만 뚫어져라 쳐다보았다. 한순간 돈을 받고 키스해 주고 몸을 만지게 허락한 아누쉬카가 떠올랐다. 그 이야기를 하면 아저씨는 뭐라고 할까? 하지만 말하지 않았다. 콘라트 아저씨는 분을 삭이지 못하고 한참 동안 나를 빤히 쳐다보다가 말없이 아래층으로 내려갔다.

당연히 DVD는 하나도 남아 있지 않았다. 남아 있으리라는 기대도 하지 않았다. 나는 침대에 누워 몸을 작게 말았다. 눈시울이 뜨거웠지만 눈물이 나지는 않았다. 그냥 거기 누워 지난 몇 개월 동안 라파엘, 알료샤, 크리스티안과 함께 저질렀던 짓들을 생각하지 않으려고 노력했다. 언젠가부터 머릿속이 텅 비고 몽롱해지더니 살짝 잠이 들었다. 저녁에 아저씨가 야간 근무를 하러 출근하고 난 후 나는 엄마 방으로 내려갔다.

"엄마, 안녕."

나는 소리 죽여 인사하고 화사한 소파에 걸터앉았다. 트리의 장식이 반짝거렸다. 내일이 크리스마스 이브였다.

"응, 새미로구나."

엄마가 말했다.

"몸은 어때?"

나는 엄마의 배를 쳐다보며 물었다.

"괜찮아. 약을 먹으니까 몸이 처지고 나른해서 그래."

"이 약을 얼마나 먹어야 되는데?"

엄마는 모르겠다는 표정으로 고개를 저었다.

"나 임신했을 때는 어땠어?"

내가 문득 물었다. 내가 물어 놓고 내가 놀랐다. 너무 당황스러워 머리가 어질어질했다.

"무슨 말이야?"

엄마도 놀랐는지 되물었다.

"그때도 이렇게 누워서 약 먹었냐고?"

우리는 서로를 쳐다보았다.

"말해 줘."

내가 졸랐다.

"아빠랑 엄마는 어땠는지, 아빠랑은 어떻게 만났는지, 언제 처음 키스했는지, 아빠가 엄마한테 잘해 줬는지."

엄마는 멍하니 앞만 쳐다보았다. 그러더니 말했다.

"다 지난 일이야."

"그래도 말해 줘!"

나는 고함에 가까울 정도로 큰 소리로 말했다. 하지만 엄마는 아무 말도 하지 않았다. 예전부터 아빠 이야기는 잘 안 했지만 콘라트 아저씨를 만난 다음부터 옛날 일은 정말 단 한마디도 입에 올리지 않았다. 대신 엄마는 내 이야기를 물었다. 나의 학교생활과 나 스스로 선택한 고독에 대해, 레안더와의 다툼에 대해, 그리고 카를로타에 대해.

"카를로타는 어떻게 안 거야? 레안더한테 전화해서 캐물었어?"

내가 벌컥 화를 냈다.

"걱정이 돼서 그랬어."

신경을 써서 그런지 애써 설명하려는 엄마의 얼굴에 붉은 반점이 생겼다.

"미쳤어?"

나는 소리 질렀다.

"왜 염탐을 하고 그래? 스파이야?"

"염탐을 한 게 아냐."

엄마도 소리를 질렀다. 우리는 서로를 노려보았다.

"너무 많이 변했다."

엄마가 말했다.

"내가 뭘 어쨌다고 난리야?"

나는 또 소리를 질렀다.

"그걸 알 수 있다면 좋겠다. 대체 무슨 생각으로 뭘 하고 다니는지."

"어차피 나한테 관심도 없잖아. 그러면서 뭘 알고 싶다고 그래?"

"아냐. 옳지 않은 생각이야."

"이 집에서 뭐가 옳은데?"

엄마가 불현듯 울음을 터뜨렸다. 그러나 이내 뱃속의 아이가 걱정되는지 숨을 고르면서 한 손으로 배를 지그시 눌렀다. 나는 절망적인 심정으로 방을 나와 버렸다.

─────────

미친놈처럼 거리를 쏘다녔다. 어디로 가야 할지, 이 분노를 어디다 쏟아 내야 할지 알 수 없었다. 외할머니는 돌아가셨고, 외할아버지는 멀리 계신다. 이모와 이모부도 저 먼 곳에 있다. 레안더는 크누트와 어울리고 카를로타에겐 새 남자친구가 생겼으며 알료샤는 바이올린을 연주한 날부터 낯선 아이가 되어 버렸다. 라파엘마저 크리스마스 휴일 동안 오스트리아에 있는 친척 집에 갔다. 결국 나는 크리스티안의 집으로 발길을 돌렸다.

"시간 있어?"

지친 몸을 문틀에 기댄 채로 내가 물었다.

"없어."

말은 그렇게 하면서도 크리스티안은 나를 집으로 들어오게 했다. 크리스티안의 방으로 가서 안을 둘러보았다. 집 전체가 아주 특이했지만 그 방은 특히 이상했다. 가구들이 전부 우리 외할머니도 안 쓰셨을 만큼 구닥다리였다. 오래된 물레부터 먼지를 잔뜩 뒤집어쓴 목재 장롱까지 있었다. 그 중간에 엄청나게 큰 크리스티안의 책상과, 옷이랑 쭈글쭈글한 이불이 뒤엉켜 있는 침대가 놓여 있었다. 책상에는 커다란 모니터를 거느린 컴퓨터 한 대가 놓여 있었다.

"뭐해?"

내가 물었다.

"늘 하던 거."

크리스티안이 다시 책상 앞에 앉았다.

"유키?"

나는 놀리는 투로 이렇게 물으며 활짝 웃으려고 했다. 그런데 웃는 것까지 까먹었는지 얼굴이 도무지 뜻대로 움직이지 않았다. 웃으려고 했는데 무섭도록 긴장한 찌푸린 얼굴이 되고 말았다. 아, 나는 얼마나 끔찍한 인간이 되어 버렸는지……. 가슴속에 웅크린 분노는 점점 커져만 갔다. 크리스티안이 고개를 젓더니 이상하게 생긴 안경을 썼다.

"유키 아냐. 섹스 하는 거야."

그가 의미심장한 말투로 말했다.

"뭐?"

"인터넷에서 섹스 프로그램을 찾았어. 온갖 것을 다 해 볼 수 있어. 끝내주지."

"컴퓨터 프로그램하고 섹스를 한다고?"

내가 당황하여 물었다. 크리스티안은 고개를 끄덕이더니 입을 다물었다. 조용히 의자에 앉아 그 이상한 안경으로 모니터만 들여다보았다. 나는 바닥에 쪼그리고 앉아 크리스티안의 등을 쳐다보았다. 방 안은 쥐 죽은 듯 고요했고 나는 서서히 겁이 났다. 무엇이 무서운지는 몰랐지만 정체를 알 수 없는 공포가 밀려왔다. 온몸이 떨렸다. 아마 추웠기 때문일 것이다. 어쨌든 나는 몇 번 이상한 소리를 냈다. 헛기침을 했고 그러다가 콜록콜록 기침을 했으며 이리저리 몸을 뒤척여 편안한 자세를 취해 보려 했다. 이 비현실적인 상황을 잊기 위해서였다.

크리스티안은 꼼짝도 하지 않았다. 딱 한 번 움찔하더니 그것으로 끝이었다. 크리스티안이 조심스레 안경을 벗어 부드러운 수건으로 싸 놓고는 고개를 돌려 나를 쳐다보았다. 그리고 활짝 웃으며 짧게 깎은 머리통을 쓰다듬었다.

"끝났어?"

불안한 목소리로 내가 물었다.

"응."

크리스티안이 대답하며 컴퓨터를 껐다.

"방금 어떤 여자하고 했어."

크리스티안이 웃으며 말했다.

"아주 끝내줬지."

"어떻게 하는 건지 나도 보여 줘."

내가 말했다. 크리스티안은 고개를 저었다.

"왜?"

"이건 내 프로그램이야, 친구."

그가 단호하게 말했다.

"그럼 유키는?"

"죽었어."

"죽어?"

나는 약간 놀랐다.

"시들해져서 그냥 굶겨 죽였어. 너무 귀찮게 하니까."

우리는 말없이 앉아 있었다.

"내일이 크리스마스야."

다 아는 사실이고, 특별할 것도 없었지만 나는 이렇게 말했다.

"우리는 크리스마스하고 상관없어."

크리스티안이 무심히 말했다.

"우리 부모님은 여호와의 증인이거든."

"아, 그렇구나."

그렇게 중얼거리는 내 심정은 비참하기가 이루 말할 데 없었다. 왜 그런지 이유는 몰랐지만 참담한 기분이 들었다. 나는 레안더를 찾아가기로 결심했다.

———

눈이 내리기 시작했다. 살을 에는 듯 추웠다. 나는 달리고 또 달렸다. 가슴이 아플 정도로 힘껏 달렸다. 세 번이나 방향을 틀어 옆 길로 샜다. 레안더를 찾아가는 것이 말도 안 되는 짓 같았기 때문이다. 이렇게 오랜 시간이 지나고 이렇게 많은 일을 겪은 지금에 와서 레안더라니. 하지만 정신을 차리고 보니 레안더의 집 앞이었다. 나는 위를 올려다보았다. 레안더 방의 불빛이 환했다. 부모님이 아직 퇴근을 안 하셨기를 바랐다.

나는 너무 피곤해서 대문에 몸을 기댔다. 대문이 두 번 열렸다. 나는 놀라 움칠했다. 이웃집 사람이 나를 보고 미소를 지었다. 예전에 레안더와 친할 때 자주 만난 이웃이었다. 약간 안심이 되었다. 내가 적어도 겉으로는 크게 변한 게 없는 모양이니 말이다.

눈이 그쳤다. 그사이 땅에 살짝 흰 눈이 덮였다. 보기가 좋았다. 나는 숨을 깊이 들이쉰 후 초인종을 눌렀다. 위에서 창문이 열릴 때까지 영원 같은 시간이 흐른 것 같았다. 나는 인도 쪽으로 한 걸음 물러서서 위를 올려다보았다. 창밖으로 고개를 내민 사람은 정말로 레안더였다. 나는 숨을 멈췄다.

"크누트니?"

레안더가 소리쳤다.

"아니……."

나는 더듬거렸다.

"나 새미야."

한순간 조용했다.

"새미?"

레안더가 놀라 물었다.

"응."

"네가 웬일이야?"

나는 침을 삼켰다.

"나도 모르겠지만……."

내가 낮은 소리로 중얼거렸다.

"뭐라고?"

레안더가 외쳤다.

"아무것도 아냐."

다시 정적.

"올라올래?"

레안더가 물었다.

"잘 모르겠어."

내가 들어도 한심한 대답이었다.

"누를게."

레안더가 말하고 창을 닫았다. 이내 현관문이 열렸다. 나는 불안한 심정으로 4층까지 올라갔다. 너무 긴장해 숨이 쉬어지지 않았다. 마침내 우리가 마주 섰다.

"네가 여기까지 오다니 놀라운데."

레안더가 말했다. 나는 바닥을 내려다보았다. 운동화가 젖어 있었다.

"들어와."

레안더가 말했다. 나는 고개를 끄덕이고 그를 따라 들어갔다. 레안더의 방은 눈을 감고도 찾아갈 수 있었다. 모든 것이 예전 그대로였다. 환풍기 옆에 옷이 가득 걸린 채 서 있는 옷걸이, 삐걱거리는 바닥, 모퉁이를 돌아가는 복도, 거실 문 옆에 서 있는 장식장까지. 레안더, 어쩌다 우리가 이렇게 되어 버렸을까? 이 컴컴한 집 안에서 술래잡기하던 날 생각나? 그때는 나도 괜찮은 아이였는데……. 물론 나는 이 말을 입 밖으로 내지 않았다. 우리는 마주 앉았고 레안더가 나를 이상하다는 듯이 쳐다보았다.

"웬일이야?"

한참 후 그가 물었다.

"나도 몰라."

나는 중얼거렸다. 다시 침묵이 이어졌다.

"레안더, 나 너무 힘들어."

마침내 내가 절망적인 목소리로 속내를 털어놓았다. 레안더는 두 눈을 꾹 감았다.

"학교에서는 아주 신이 났던데."

그가 차갑게 대꾸했다. 나는 입을 다물었다. 또 한심한 짓을 했구나. 레안더 앞에서까지. 속이 부글부글 끓었다. 레안더에게 포르노를 보며 지새운 밤을, 나를 망가뜨리는 그칠 줄 모르는 성욕을, 권력의 판타지를 고백하고 싶었다. 자신을 방어하기 위해, 살아 있음을 느끼기 위해, 잘난 척하기 위해 내가 저질렀던 짓들을 다 털어놓고 싶었다. 하지만 소용없었다. 레안더는 역겹다는 표정으로 나를 쳐다보았다. 그 애의 마음속 생각이 들리는 것 같았다. 혹시 내가 그동안 무슨 짓을 했는지 다 아는 걸까?

"엄마가 결혼했어. 아기도 태어나."

내가 입을 열었다. 레안더가 고개를 끄덕였다.

"알아, 너희 엄마가 몇 번 전화하셨어."

"그랬구나."

나는 무심히 대답했다.

"엄마가 걱정 많이 하셔."

레안더가 말했다. 나는 듣고 싶지 않다는 듯 손을 휘휘 내저었다. 다시 침묵이 돌아왔다.

"넌 내가 나쁜 놈이라고 생각하지?"

이 끔찍한 정적의 한가운데 내가 불쑥 질문을 던졌다. 레안더가 나를 가만히 쳐다보더니 어깨만 으쓱했다.

"새미……."

그는 이상한 시선으로 나를 쳐다보며 그 시선 못지않게 이상한 목소리로 말을 시작했다.

"아니, 됐어. 그만해."

내가 서둘러 그의 말을 끊었다.

"새미, 나는……."

나는 고개를 저었다.

"여기 오는 게 아니었어. 바보 같은 짓이었어."

내가 차갑게 말했다. 그리고 일어서서 밖으로 나왔다. 현관에서 크누트랑 정면으로 마주쳤다.

"네가 여기 웬일이야?"

크누트가 놀라 물었다.

"레안더 찾아왔어?"

그가 탐색하듯 살폈다. 나 같은 애가 레안더를 찾아왔다는 것이 상상 밖이라는 말투였다.

"너나 잘해, 새끼야."

나는 증오심에 불타 욕을 내뱉고는 걸음을 재촉했다. 집으로 돌아오는 길, 내 발걸음은 노인처럼 힘이 없었다.

겨울 방학이 끝나자 알료샤는 평소의 모습으로 돌아왔다. 바이올린과 연주회 이야기는 한 번도 입에 올리지 않았다. 알료샤의 꼭 감은 눈과 춤추듯 부드럽게 바이올린의 현을 오가던 가느다란 손가락에 대한 기억도 조금씩 희미해졌다. 언젠가부터는 저 아이가 연주회를 한 적이 있었나 싶었다. 알료샤는 다시 쉬는 시간과 등하굣길에 전기 충격기로 저학년들을 괴롭혔다. 덕분에 제법 쏠쏠한 용돈이 손에 들어왔다. 그러던 중 그 두 사건이 터졌다.

브리타와 펠릭스.

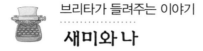

브리타가 들려주는 이야기
새미와 나

어쩌다 내가 그 애들과 어울리게 되었는지 나도 잘 모르겠다. 사실 처음에는 2반의 알료샤에게 관심이 있었다. 그래서 알료샤하고 친한 새미랑 라파엘하고 친해지면 자연스럽게 그 애와도 가까워질 것이라고 생각했다.

그렇지만 알료샤는 나한테 통 관심을 보이지 않았다. 말로는 설명이 안 되지만 나는 알료샤가 당연히 나를 좋아할 줄 알았다. 좀 창피하지만 그해 겨울 나는 꼭 남자친구를 사귀고 싶었다. 정말로 남자친구가 있었으면 좋겠다고 생각했다. 그래서 알료샤가 뜻대로 안 되자 새미하고라도 사귀어 보자는 생각을 했다.

새미는 좀 이상한 애였다. 아직 많이 유치하고 어렸다. 어쨌거나 내 타입은 아니었다. 그런데 새미가 나한테 이상할 정도로 매달렸다. 좀 지나치다 싶을 때도 있었지만 남자아이가 나한테 목을 매는 것이 그다지 나쁘지는 않았다. 어쨌든 우리는 자주 어울렸고, 나 역시 자연스럽게 그 넷과 같이 다니게 되었다. 부모님은 마뜩잖게 생각하셨다. 새미도 마음에 안 들어하셨고 혹시나 남학생들과 어울리다가 이상한 짓이라도 할까 봐 걱정하셨다. 하지만 새미는 아직 그럴 용기가 없었다. 솔직히 내가 자기 몸을 만지는 것도 무척 싫어했다. 어딘가 이상한 아이였다.

새미, 알료샤, 라파엘, 크리스티안은 이상한 취미를 갖고 있었다. 저학년 애들을 괴롭히고 돈을 빼앗았다. 왜 그러냐고 물어보면 그냥 재미 삼아 하는 짓이라고 대답했다. 어떨 땐 나도 끼워 주었다. 솔직히 나도 재미있었다. 어린애들이 겁을 잔뜩 집어먹고 돈을 갖다 바치는 것이 웃겼다. 뺏은 돈은 공평하게 나누어 가졌다. 나한테도 똑같이 나눠 주었다. 부모님이 용돈을 조금밖에 안 주셨기 때문에 돈을 받으면 신이 났다.

지금 와서 생각해 보면 정말 나쁜 짓이었다. 그래도 작년 겨울엔 그게 그냥 즐거웠다. 왜 그렇게 생각했는지 이유는 모르겠다. 아마 해서는 안 될 짓이었기 때문에 더 재미가 있었는지도 모르겠다. 아니면 오르지 않는 성적과 학교생활의 스트레스를 그런 식으로라도 해소하고 싶었는지 모른다.

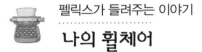

나의 휠체어

나는 근육병을 앓고 있다. 태어나면서부터 그랬다. 그래서 걸을 수가 없다. 아기 때는 여느 아이들처럼 기어 다녔고 뒤뚱거리며 걸음마를 배웠을 것이다. 책상이나 의자 다리를 붙잡고 통통한 다리로 비틀거리며 일어서기도 했을 것이다. 하지만 근육이 제 기능을 다하지 못한 탓에 얼마 서 있지 못하고 털썩 주저앉았다고 한다.

나는 내 다리로 서서 걸어 본 기억이 없다. 그래서 오히려 나는 나의 장애를 크게 슬퍼하지 않았다. 지금과 다른 상태를 경험해 본 적이 없기 때문이다. 그럼에도 내 방 벽엔 아기 시절의 내가 갈색 의자 다리를 붙들고 서 있는 사진이 붙어 있다. 사진 속의 나는 젖니가 여섯 개밖에 없는 입을 벌리고 행복한 듯 활짝 웃고 있다.

우연히 그 사진이 눈에 들어오는 때가 있다. 그럼 그 통통하고 튼튼한 사진 속 아기의 다리와 가늘고 힘없는 지금의 내 다리를 비교하게 되고 마음이 울적해진다. 그러나 그런 일은 별로 없다. 보통은 지금의 나를, 휠체어를 탄 내 모습을 인정하고 받아들인다.

여섯 살이 되던 해 나는 보통 아이들이 다니는 초등학교에 들어갔고 열 살이 되어 일반 김나지움(독일의 인문계 중고등학교 - 역주)에 입학했다. 휠체어는 내 몸과 같아서 그걸 타고 어디든 갈 수 있었다. 또 나는 성격이 사교적이라 어딜 가든 친구가 많았다. 부모님과도 사이가 좋아서 무슨 문제든 터놓고 상의할 수 있었다.

물론 새미와 그 친구들이 나를 괴롭히기 시작하면서 문제가 생긴 것은 사실이다. 하지만 그 무렵 나는 이미 문제가 생겨도 더 이상 부모님과 이야기하지 않는 아이가 되어 있었다. 새미가 나를 괴롭히기 시작했을 때부터가 아니었다. 그전부터 그랬다. 만일 내 인생의 큰 사건, '그 일'이 없었더라면 아마 많은 것이 달랐을지도 모른다. 그러니까 그렇게 오랫동안 입을 다물고 있지는 않았을 것이라는 말이다. 그해 나는 상당히 불안했고 우울했다.

나는 달라졌다. 부모님과 지내는 시간이 전처럼 재미있지 않았다. 그렇게 좋아하던 영화도, 연극도, 콘서트도, TV도 다 시들했다. 왜냐하면 나는, 라우라한테 푹 빠졌기 때문이다. 그것은 내게 놀라운 사건이었다. 라우라는 우리 반 여학생이었다. 물론 그 애는 내가 자기를 좋아한다는 사실을 전혀 몰랐다. 그렇다고 라우라에게 내 감정을 고백하겠다는 생각은 해 본 적도 없었다. 하지만 밤이면 나는 잠을 이루지 못했고 라우라를 생각하며 내 몸을 쓰다듬었다. 멍하니 벽을 쳐다보다가 라우라가 내 여자친구가 되어 둘이 함께 따스한 초원에 누워 뒹구는 꿈을 꾸기도 했다.

내가 너무 축 처져서 매사에 의욕이 없고 울적해하자 부모님은 걱정이 이만저만이 아니었다. 나는 재활 체조에도 가지 않겠다고 고집을 부렸다. 재활 체조뿐 아니라 도무지 밖으로 나가고 싶지가 않았다. 집에서도 아무것도 안 했다. 그저 짝사랑에 빠져 어찌할 바를 모르고 괴로워만 했다.

어느 날은 엄마가 내 방을 뒤지다 나한테 딱 걸렸다. 내가 힘들어하는 이유를 알 수 있을까 싶어 여기저기 살피는 중이었다. 나는 미친 듯이 화를 냈고 한바탕 큰 소동이 벌어졌다. 사실은 나도 내가 왜 이런지 알 수가 없었다. 그러다 마침내 그 이유를 깨달았다. 학교 가는 길에 세탁소를 지나고 있을 때였다. 우연히 고개를 돌렸다가 세탁소 큰 유리창에 비친 내 모습을 보게 되었다. 나는 휠체어를 세우고 내 모습을 머리끝에서 발끝까지 훑어보았다. 갑자기 내가 왜 이렇게 달라졌는지, 왜 이렇게 울적한지 그 이유를 알 것 같았다. 난생처음 나는 나 자신이 싫었다. 내 모습이 보기 싫어 견딜 수가 없었다. 휠체어와 거기에 기댄 내 어깨, 휠체어 바퀴를 굴리는 팔, 아무것도 할 수 없는 가느다란 다리.

라우라 때문에, 그리고 그 애를 향한 내 마음 때문에 나는 달라지고 싶었다. 물론 휠체어는 떼려야 뗄 수 없는 나의 일부이다. 지금껏 그 사실을 잊은 적은 없었다. 또 그것을 당연하다고 생각했다. 휠체어와 나의 장애, 나의 병든 근육, 그것을 문제 삼아 본 적도 없었다. 하지만 지금 내가 바라는 것은 단 하나뿐이었다. 라우라의 어깨를 내 팔로 감싸고 둘이 같이 시내를 돌아다니다가 강가로 내려가 그녀에게 키스하는 것. 남들에게는 너무나 평범한 소망이었다.

그러나 내겐 너무나 먼 소망이었다. 이런 사실을 깨닫고 나니 도저히 견딜 수가 없었다. 나는 내 몸뚱이가 싫었고 나의 장애가 증오스러웠다. 그래서 애써 라우라 생각을 안 하려고 했고 내 몸을 만지지 않으려고 했다. 삶이 무의미했다. 다 쓸데없다는 생각이 들었다.

시간이 갈수록 점점 더 불행하고 외로웠다.

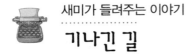

기나긴 길

1월에 우리는 프란츠를 놓아주었다. 더 이상 프란츠를 쫓아다니며 돈을 빼앗지 않았다.

"왜 우리가 갑자기 그 러시아 놈을 사랑하게 된 거야?"

어느 날 크리스티안이 불만스럽다는 투로 물었다. 나는 아무 말 없이 고개를 떨구었다. 가만히 있을 라파엘이 아니었다.

"크누트가 그놈을 지키겠다고 우리한테 덤볐잖아. 레안더의 애인을 새미가 어떻게 건드리겠어."

라파엘이 비실비실 웃으며 말했다.

"안 그래, 새미?"

나는 아무 말 없이 브리타의 어깨를 감싸 안고 그녀의 어깨에 내 얼굴을 파묻었다.

"꼭 그렇게 붙어서 지랄을 해야 하나?"

크리스티안이 바로 야유를 날렸다.

"아주 거슬려 죽겠네."

우리는 운동장에 서 있었다. 담임 선생님과 교장 선생님이 저쪽 구석에 서 있었지만 자기들끼리 이야기를 하느라 정신이 없었다. 베히슈타인 씨는 저학년들과 테니스를 치고 있었다.

"저 미친 새끼가 아직도 안 갔네."

라파엘이 어이없다는 표정으로 고개를 저으면서 말했다. 알료샤가 의미심장한 미소를 지으며 말했다.

"우리가 아직 끝내지 않았으니까."

그는 주머니 속의 전기 충격기를 몇 번 켰다 껐다. 기분이 안 좋았지만 나는 별말 하지 않았다. 베히슈타인 씨를 볼 때마다 내가 얼마나 불안한지 솔직하게 털어놓았다가는 곧바로 친구들의 비웃음거리가 될 것이다. 그래서 나는 바닥만 쳐다보며 딴생각을 하려고 애썼다. 어릴 때도 곧잘 하던 짓이었다. 이렇게 딴생각을 하고 있으면 마음이 편해졌다.

브리타가 내 옆에 있었다. 아침에 감고 나온 머리에서 샴푸 향이 풍겼다. 브리타는 카를로타하고 달랐다. 특별히 브리타가 좋았던 것은 아니지만 어쨌든 여자친구를 만들었다는 것이 중요했다. 나를 좋아하는 여자가, 내 여자친구가 생겼다는 것이 중요했다. 내게도 여자친구가 있다는 것이 믿기지가 않았다.

"너 귀여워. 나 너 좋아해."

어느 날 브리타가 이렇게 고백하며 내 팔을 잡았다. 나는 너무 놀라 온몸이 지팡이처럼 뻣뻣해졌다.

"너는 나 안 좋아?"

브리타가 얼굴을 찌푸리며 나를 쳐다보았다.

"좋아해. 당연히 좋아하지."

나는 어찌할 바를 몰라 허겁지겁 대답했다. 그날 우리는 처음으로 키스를 했다. 브리타가 나 같은 애를 좋아하다니 말도 안 돼! 나는 그렇게 생각했다. 키스는 생각보다 어려웠다. 상상했던 것과 전혀 달랐다. 침을 삼켜야 한다는 생각에 나는 매번 서둘렀고, 얼른 끝내려고 허둥거렸다. 우리는 거의 매일 만났다. 다행히 다른 애들도 늘 같이 있었다. 단둘이 있으면 브리타가 무슨 짓을 할지 겁이 났다. 라파엘의 영화가 생각났다. 그런 짓은 너무 무섭고 두려웠다.

"그럼 슬슬 시작해 볼까."

알료샤가 말했다. 나는 깜짝 놀라 고개를 들었다. 내가 어디에 있는지 완전히 까먹고 있었던 것이다.

"뭐하려고?"

애들이 자기들끼리 쑥덕거리고 있어서 내가 물었다.

"여기서 한 놈 골라 봐야지. 교장 선생님 코앞에서. 스릴 있지?"

크리스티안이 차가운 손을 비비며 말했다. 모두들 고개를 끄덕였다. 브리타가 내 손을 잡았다.

"누가 좋을까?"

크리스티안이 초조한 듯 발을 바꿔 가며 깡충깡충 뛰었다.

"저기 펠릭스가 있네."

브리타가 갑자기 저 구석 화장실 옆을 가리켰다.

"저 병신?"

알료샤가 물었다.

"펠릭스가 상사병이 났거든."

브리타가 의미심장하게 말했다. 크리스티안이 미심쩍은 눈빛으로 그녀를 살폈다.

"그걸 어떻게 알아?"

"라우라가 말해 줬지. 펠릭스가 자기한테 푹 빠졌다고. 계속 자기만 쳐다본대."

"저거 봐, 저거 봐."

라파엘이 신이 나서 속삭였다.

"저 병신이 라우라를 좋아한다고? 으웩, 재수 없어."

"그럼 가 볼까? 우리의 애정과 관심을 펠릭스한테로."

"좋아."

알료샤가 신이 나서 고개를 끄덕이더니 다시 주머니의 전기 충격기를 삑삑거렸다. 우리는 애들로 꽉 찬 시끄러운 운동장을 가로질렀다.

"펠릭스, 안녕."

알료샤가 다정하게 인사했다.

"안녕."

펠릭스가 우리를 쳐다보며 심드렁하게 대꾸했다.

"왜 여기서 혼자 이러고 있어?"

라파엘이 물었다.

"그냥."

펠릭스가 말했다.

"내 생각에 우리 학교 애들은 장애인한테 너무 불친절한 것 같아."

크리스티안이 짐짓 부드럽게 말했다.

"그래서 뭐?"

펠릭스가 미심쩍은 표정으로 물었다.

"네가 걱정돼서 그러지."

라파엘이 말했다.

"뻥치지 마."

펠릭스가 화를 냈다.

"진짜야."

알료샤가 말했다.

"네가 왕따당할까 봐 걱정이 돼서 그러는 거야."

"내버려 둬."

펠릭스가 짜증을 내며 말했다.

"허어, 정말 걱정돼서 그런다니까."

알료샤가 말했다.

"관심 끊어. 너희만 안 건드리면 아무 문제없어."

"그래? 그럼 또 안 건드릴 수가 없지."

라파엘이 말했다. 우리는 펠릭스의 휠체어를 붙잡고 운동장 한가운데로 들어갔다. 라파엘이 예전에 프란츠한테 했던 것처럼 펠릭스의 얼굴을 힘껏 쥐었다.

"하지 마."

펠릭스가 고개를 저었다.

"우리한테 고마워해야지. 구석에 혼자 궁상맞게 있는 것을 운동장 한가운데로 데려와 줬구만. 자, 고맙다고 인사해 봐."

하지만 펠릭스는 아무 말도 하지 않았다. 라파엘이 얼굴을 잡은 손에 핏줄이 돋을 정도로 힘을 꽉 주었는데도 입을 꾹 다물고 가만히 앉아 있었다. 우리는 기다렸다. 펠릭스의 얼굴이 점점 일그러졌다. 그러다 신경질적으로 허둥지둥 팔을 휘저었고 그 바람에 휠체어가 휘청거렸다. 바닥이 젖은 탓에 바퀴가 끽끽거렸다. 갑자기 알료샤가 주머니에서 전기 충격기를 꺼냈다. 그것을 펠릭스의 왼쪽 관자놀이에 갖다 대자 펠릭스는 우리에게 고맙다는 인사를 했다. 나는 신이 나서 히죽 웃었다. 그때 갑자기 어디선가 베히슈타인 씨가 나타났다. 손에는 테니스 채를 들고 있었다.

"여기서 뭐하니?"

황급히 달려왔는지 그가 숨을 헐떡거리며 물었고 의심스럽다는 표정으로 우리를 살폈다. 한순간 모두들 입을 다물었다. 알료샤가 구렁이 담 넘듯 자연스럽게 충격기를 재킷 주머니에 집어넣었다.

"아무것도 아니에요."

알료샤가 조용히 말했다. 베히슈타인 씨가 우리를 차례차례 살폈다. 아무도 입을 열지 않았다.

"펠릭스, 애들이 너한테 무슨 짓 했니?"

베히슈타인 씨가 조심스럽게 물었다. 펠릭스는 창백한 표정으로 입을 꼭 다물고 앉아 있었다. 하지만 결국 고개를 저었다.

"정말 아냐?"

베히슈타인 씨가 물었다.

"아니에요."

펠릭스가 중얼거렸다. 다시 조용해졌다. 나는 안도의 한숨을 쉬었다. 어찌나 긴장을 했던지 온 세상을 다 끌어안아 주고 싶은 마음이었다. 다 잘될 거야. 이 학교에서 감히 우리를 고자질할 놈은 없어.

"교실로 들어가거라."

베히슈타인 씨가 우리한테 말했다. 그의 얼굴에서 여전히 의심과 분노가 가시지 않았다.

"너무 빡빡하게 굴지 마세요, 염탐꾼 씨."

라파엘이 실실 웃으며 말했고 우리는 그 자리를 떠났다.

그날 이후 우리는 규칙적으로 펠릭스를 만났다. 처음에는 펠릭스가 베히슈타인 씨나 담임 선생님한테 이를까 봐 조심했지만 시간이 갈수록 점점 용감해졌다. 펠릭스는 새로운 제물이었다.

나는 라파엘과 시내에 있는 스포츠 센터에 다녔다. 거기서 매일 운동을 했다. 집에는 거의 붙어 있지 않았다. 방학이 끝나자마자 기술자들이 와서 다락방을 개조했다. 시끄러웠고 먼지가 펄펄 날렸다. 공사 소음과 먼지 때문에 아주 돌아 버릴 지경이었다. 엄마는 조금씩 나아졌다. 하지만 보기 싫게 뚱뚱해졌고 둔해졌다. 그래서 인지 하루 종일 피곤하고 지친 표정으로 거실에 앉아 멍하니 TV만 보거나 전화로 친구들과 수다를 떨었다.

집에 있는 것이 싫었다. 집에 있을 때도 주로 내 방에만 틀어박혀 있었다. 문을 잠그고 음악 소리를 최대로 올린 채 침대에 누워 몇 시간씩 창에 붙은 독수리 스티커만 바라보았다. 콘라트 아저씨 말이 맞았다. 까마귀들은 독수리를 무서워했다. 덕분에 창이 깨끗했다.

어느 날은 아누쉬카가 내 방문을 노크했다. 나는 들어오라고 하지 않았다. 여자친구도 생겼는데 굳이 돈까지 주면서 아누쉬카의 몸을 만질 필요가 없었기 때문이다. 그러나 나는 브리타를 절대 우리 집에 데려오지 않았다. 임신한 엄마를 보여 주고 싶지 않았고 아누쉬카에게 우리가 같이 있는 모습을 들키고 싶지도 않았다. 콘라트 아저씨한테도 들키고 싶지 않았다. 안 그래도 포르노 때문에 망신을 당했다. 아저씨는 나의 폭력적이고 비뚤어진 성향을 다 알고 있었다. 그래서 아저씨 앞에선 매사 조심했다. 절대로 믿을 수 없는 사람이었다.

따지고 보면 나는 아무도 믿지 않았다. 라파엘, 크리스티안, 알료샤만 빼면. 그 때문에라도 더욱 그 애들에게 매달렸다. 당시엔 그 사실을 깨닫지 못했지만 말이다. 브리타가 우리가 하는 짓을 말리지 않아서 나는 사실 좀 놀랐다. 말리기는커녕 적극 동참했다. 어찌나 적극적으로 즐기는지 좀 충격적이었다. 더구나 나는 브리타가 나랑 얼른 섹스를 하고 싶어 한다는 걸 알아차렸다. 하지만 나는 너무 겁이 났다. 내 그 부위에 문제가 있었기 때문이다. 봄에 포르노 영화를 보기 시작한 이후로 그 부위에서 염증이 떠나지 않았다. 피가 날 때도 있었고 통증도 심했다. 어떨 땐 오줌을 누는 것이 고통스러울 정도로 염증이 심했다.

게다가 포르노를 볼 때는 굉장히 흥분이 되었지만 브리타랑 같이 있으면 전혀 아무런 느낌이 들지 않았다. 거기가 내 몸이 아닌 듯 조용했다. 브리타가 그 사실을 알고 친구들에게 까발릴까 봐 나는 속으로 벌벌 떨었다.

우리는 매일 아침 등굣길에 펠릭스를 붙들었다. 하루도 빼먹지 않았다. 매일 돈을 빼앗았다. 방법도 아주 수학적이었다.

"펠릭스."

라파엘이 휠체어 손잡이를 잡고 뒤를 휙 젖히자 펠릭스의 몸이 공중에 붕 떴다.

"우리 이렇게 하기로 했어. 널 이렇게 보호해 주는 대가로 너한테서 아주 푼돈을 받는 거야."

펠릭스는 평정을 유지하려 애썼지만 손이 벌벌 떨렸다. 마치 경련이 난 사람처럼 휠체어의 바퀴를 꽉 붙들었다. 알료샤가 그 모습을 보고 펠릭스의 손가락을 하나씩 떼어 냈다.

"한 푼도 못 줘."

펠릭스가 소리쳤다. 그러나 말만 그렇게 할 뿐, 우리는 녀석이 결국 돈을 내놓을 거라는 사실을 잘 알았다. 미치지 않고서야 돈을 주지 않고 버틸 수 없을 테니까.

"우리처럼 마음씨 좋은 친구를 만나기가 쉽지 않을 텐데."

크리스티안이 부드러운 목소리로 말하며 펠릭스의 얼굴을 쓰다듬었다.

"아무 걱정하지 마. 오늘은 1페니히만 받을 거니까."

우리는 씨익 웃었다.

"그 대신 내일은 그 두 배를 주고, 모레는 또 그 두 배를 주고, 이런 식으로 조금씩 돈을 늘려 가는 거야."

알료샤가 펠릭스에게 꿀밤을 주었다. 라파엘이 휠체어를 갑자기 손에서 놓는 바람에 펠릭스가 균형을 잃고 앞으로 꼬꾸라질 뻔했다.

"이제 우리가 가르쳐 준 대로 공손하게 인사해 봐."

알료샤가 펠릭스한테서 1페니히를 건네받은 후 말했다. 그가 전기 충격기를 꺼내자 펠릭스는 시키는 대로 했다.

봄이 되어 아기가 태어났다. 제왕절개를 하는 바람에 엄마는 며칠간 병원에 입원을 했다. 다락방 공사는 끝이 났지만 새로 만든 구석방은 늘 비어 있었다. 아누쉬카는 얼굴 보기가 힘들었고 소피아도 아빠하고 둘이서만 만나겠다고 고집을 부렸다.

2월 말에는 꽃샘추위가 닥쳤다. 며칠 동안 흰 눈송이가 날렸다. 온 도시가 하얀 눈으로 뒤덮였다. 기분이 살짝 좋아졌다. 그러다 문득 봄이 찾아왔다. 화창한 하늘엔 햇살이 따스했고 쌓였던 눈이 녹으면서 길은 온통 질퍽질퍽했다. 그 무렵에 나는 가까스로 용기를 내어 병원에 갔다. 그리고 이틀 동안 병원을 다니면서 포경 수술을 받았다. 몹시 창피했다.

"어디가 아프다고요?"

내가 학교를 빠지자 집으로 문병을 온 라파엘이 히죽거리며 물었다. 나는 피곤했다. 움직일 때마다 통증이 심해 이를 악물었다.

"그냥 아파."

내가 중얼거렸다. 아래층에서 아기가 울었다. 하루 종일 우는 것 같았다. 아기 우는 소리를 듣고 있으니 더 짜증이 났다.

"이런, 아기까지 있네."

라파엘이 고개를 저으며 얼굴을 찌푸렸다.

"엄마가 아기 낳았단 이야기는 왜 안 했어?"

나는 아무 말도 하지 않았다. 나도 모르게 아기를 보는 순간 가슴이 뭉클했다. 찰리 생각이 났다. 왜 그런지 알 수 없었지만 아기를 보고 있으면 찰리가 떠올랐다. 이 조그만 아기로 인해 콘라트 아저씨와 내가 갑자기 하나로 이어진 것 같은 느낌도 들었다. 그러나 아저씨한테 그런 내 마음을 들키지 않으려고 무진 애를 썼다.

"아기 안아 볼래?"

병원에서 엄마와 아기를 데려온 콘라트 아저씨가 나를 보며 물었다. 아저씨가 아기를 내게 건넸다. 나는 고개를 저었지만 슬쩍 아기를 쳐다보았다. 아기와의 첫 대면이었다. 엄마가 입원해 있는 동안 한 번도 병원에 가지 않았었는데…….

"안아 봐도 돼, 새미."

엄마가 말했다. 엄마는 알아볼 수 없을 정도로 홀쭉해졌고 얼굴이 창백했다. 나는 고개를 젓고 얼른 내 방으로 올라갔다. 하지만 아무도 없을 때는 몰래 아기 곁으로 다가갔다. 대부분 잠깐 쳐다보는 게 고작이었지만 조심조심 너무나도 조그만 얼굴을 쓰다듬어 보기도 했다. 아아, 어떻게 사람이 이렇게 작을까? 얼굴이 내 주먹만했다.

"왜 병원에 갔냐고?"

라파엘이 대답을 재촉했다.

"맹장을 잘라 냈으면 더 오래 입원했을 테고, 편도선을 잘라 냈어도 그렇고 또 목소리도 잘 안 나올 테고, 흠…….

그가 씩 웃었다.

"그럼 남은 가능성은 발에 사마귀가 났든가 아니면……."

라파엘이 의미심장한 미소를 지으며 나의 바지 지퍼 쪽을 가리켰다.

"……그게 너무 커져서 병원에서 꺼풀을 잘라 냈다는 이야기인데."

나는 당황하여 앞만 쳐다보았다. 창피했다. 라파엘은 씩 웃더니 포경 수술은 남자답지 못한 짓이라고 설명했다. 다행히 대화의 주제는 금방 바뀌었다. 이상하게도 우리의 행동과 대화는 늘 라파엘이 주도했다. 며칠 후 나는 다시 수치심과 무력감을 날려 보내기 위해 펠릭스를 괴롭히는 친구들의 게임에 동참했다.

펠릭스는 우리에게 엄청난 빚을 졌다. 매일 두 배씩 돈이 늘어나다 보니 도저히 갚을 수 없을 만큼 액수가 커진 것이다. 그러나 우리는 절대 봐주지 않았다. 돈 대신 물건을 빼앗았다. 스마트폰, 브랜드 옷, 새 운동화, 게임기, 테니스 채…….

"이제 그만 좀 해."

알료샤가 전기 충격기로 괴롭히거나 라파엘이 그의 운동화에 오줌을 쌀 때마다 펠릭스는 체념한 표정으로 애걸했다. 어느 날 우리가 학교 운동장 구석에서 펠릭스를 괴롭히고 있는데 갑자기 담임 선생님이 나타났다.

"너희들 왜 그러니?"

선생님이 우리를 의심 어린 눈길로 요리조리 살폈다. 펠릭스는 젖어 있는 자기 발만 내려다볼 뿐 아무 말이 없었다. 라파엘이 일부러 상냥한 미소를 지으며 말했다.

"그냥 얘기 좀 하고 있었어요. 그렇지, 얘들아?"

그가 태연하게 우리를 보며 물었다. 담임 선생님은 라파엘이 위험한 범죄자라도 되는 것처럼 빤히 바라보았다. 그대로 돌아가서는 안 될 것 같은 기분이 든 모양이었다. 나는 마음이 불안했다.

"그냥 얘기가 아닌 것 같은데."

담임 선생님이 말했다.

"그게 무슨 말씀이세요?"

알료샤가 짜증을 내며 끼어들었다.

"우리는 펠릭스하고 라우라 이야기하고 있었어요. 안 그래, 펠릭스?"

라우라의 이름이 나오자 펠릭스가 몸을 움츠렸다. 하지만 여전히 입을 열지는 않았다. 다만 얼굴이 더 창백해지고 신경질적으로 변했다.

"라우라 이야기를 해? 왜?"

알료샤가 다정하게 부드러운 미소를 지었다.

"선생님께 말씀드려도 되겠지, 펠릭스?"

그가 소곤소곤 묻더니 말을 시작했다.

"그게요, 사실 펠릭스가 라우라를 좋아하는데요. 어떻게 해야 할지 모르겠다고 해서 다 같이 의견을 모으고 있었어요. 보시다시피 여기 이렇게 앉아 있어야 하니까……."

알료샤가 휠체어를 툭툭 쳤다.

"정말이니?"

선생님이 펠릭스를 쳐다보았다.

"괜찮아?"

라파엘이 펠릭스에게 또다시 다정한 미소를 보냈다. 알료샤는 재킷 주머니에서 전기 충격기를 삑삑 작동시켰다. 모르는 사람이 들으면 스마트폰 알람 소리 같았다. 결국 펠릭스는 고개를 끄덕였다.

"알았다."

선생님이 조심스럽게 입을 열었다. 하지만 그러고도 한참 동안 우리를 쳐다보더니 천천히 발길을 돌려 교실로 올라갔다.

"자, 펠릭스."

선생님이 멀어지자 알료샤가 조카를 걱정하는 삼촌 같은 친근한 표정으로 말했다.

"라우라한테 어떻게 고백할지 우리 생각 좀 해 보자."

"그만 좀 해. 라우라는 건드리지 말라고. 나 라우라 안 좋아해. 다 거짓말이야."

펠릭스가 소리쳤다.

"라우라를 안 좋아해?"

브리타가 비웃으며 말했다.

"그럼 뭐하러 쳐다보는데?"

"내가 언제 쳐다봤어?"

펠릭스가 화를 냈다. 그 순간 나는 깨달았다. 우리가 그에게서 인간으로서의 존엄성까지 앗아 버리려 한다는 사실을.

수업 종이 울렸다. 일단 다들 교실로 올라갔다.

————

밖은 이제 완연한 봄이었다. 열여섯 번째 생일이 코앞으로 다가 왔다. 외할아버지가 몇 번 전화를 하셨다. 상태가 많이 호전되고 건 강도 좋아지셔서 이젠 프랑스의 봄을 즐긴다고 하셨다. 작은 침대 에 누워 있는 아기는 하루가 다르게 살이 올랐다. 아기가 찰리를 떠 올리는 눈망울로 나를 다정하게 바라볼 때마다 나는 그 시선과 마 주치지 않으려고 애를 썼다. 콘라트 아저씨의 아들을 너무 자주 쳐 다보는 내가 싫었다.

브리타는 갑자기 헤어지자고 통보하더니 알료샤랑 사귀기 시작 했다. 그러나 알료샤는 브리타에게 별로 흥미를 보이지 않았다. 올 해 여름에 오스트리아 음악 학교에 입학하기로 결정이 난 모양이 었다.

"오스트리아 음악 학교? 으아."

라파엘이 인상을 썼다.

"너 분명 지루해 죽을걸."

알료샤는 아무 말도 하지 않고 앞만 쳐다보았다. 두 얼굴의 알료 샤. 나도 두 얼굴일까? 불 꿈을 꾸고 찰리와 외할머니를 그리워하며, 콘라트 아저씨의 아기에게 묘한 친근감을 느끼는 얼굴. 라파엘과 어울려 다니며 어린애들을 골탕 먹이고 펠릭스를 괴롭히는 또 다른 얼굴.

눈앞을 가리고 있던 자욱한 안개가 서서히 걷히는 기분이었다. 밖으로 나가고 싶기도 하고 나가고 싶지 않기도 했다.

우리는 거의 매일 아침 등굣길에 펠릭스를 괴롭혔다. 학교 뒤 주차장이나 옛날 체육관 옆 오솔길에서는 물론이고 학교로 통하는 작은 공원에서도, 구시가지 광장에서도 펠릭스만 봤다 하면 붙들고 보내 주지 않았다. 펠릭스가 처음 입학했을 때는 그 애 아버지가 학교까지 데려다 주었다. 그다음부터는 장애인 학생을 위한 등하교 서비스를 이용하다가 언젠가부터 혼자서 등하교를 하기 시작했다.

펠릭스는 우리가 괴롭히는 동안에도 끈질기게 혼자 힘으로 등하교를 했다. 매일 우리와 마주치리라는 걸 뻔히 알면서도 절대 다른 사람에게 도움을 청하지 않았다. 한결같이 창백한 얼굴로 입술을 꽉 다문 채 조용히 휠체어를 타고 왔다.

"저기 병신 온다."

크리스티안이 말하며 우리를 보고 씩 웃었다.

날씨가 화창했다. 새들이 지저귀고 나무마다 초록빛 싹이 고개를 내밀었다. 1년 전 찰리가 죽었다. 1년 전 콘라트 아저씨가 내 삶을 뒤엎어 놓았다. 1년 전 라파엘과 친구가 되었다.

그날 아침 우리는 펠릭스를 위해 평소보다 더 특별한 선물을 준

비해 두었다. 브리타를 같이 데리고 나온 것이다.

"펠릭스, 안녕?"

라파엘이 인사를 하며 휠체어 앞을 가로막았다. 펠릭스가 한숨을 쉬며 휠체어를 세웠다.

"돈 가져왔어?"

크리스티안이 물었다. 펠릭스가 고개를 저었다.

"그럼 다른 거라도 가져왔어?"

크리스티안이 무섭게 다그쳤다. 펠릭스가 다시 고개를 저었다.

"이 새끼가 간이 배 밖으로 나왔구나."

라파엘이 화를 내며 휠체어를 발로 찼다.

"그럼 어쩔 건데?"

내가 물었다.

"몰라."

펠릭스가 대답했다. 그가 우리를 올려다보았고 우리는 그를 내려다보았다. 나는 펠릭스의 용기에 은근히 감탄했다. 동시에 바로 그런 태도 때문에 또다시 분노가 치솟았다. 나는 그의 귀를 잡아당겼다.

"잘난 척하지 마, 새끼야. 병신 주제에."

내가 벌컥 소리쳤다.

"놔 줘, 새미."

알료샤가 느닷없이 끼어들었다.

"우리 이제 그만……. 이런 짓은 그만하는 게……."

나는 놀라 뒤를 돌아보았다. 알료샤가 인상을 쓰면서 나를 노려보았다. 그러더니 미안하다는 듯 손을 들어 흔들고는 뒤돌아 가 버렸다. 그게 끝이었다. 알료샤는 두 번 다시 우리 일에 끼지 않았다. 일주일 후에는 음악 학교로 전학을 갔다. 라파엘, 크리스티안, 브리타, 나는 성큼성큼 걸어가는 알료샤의 뒷모습을 번개라도 맞은 것처럼 멍하니 쳐다보았다. 갑자기 주차장이 쥐 죽은 듯 고요했다. 등 뒤에서는 펠릭스의 불규칙적이고 신경질적인 숨소리만 들려왔다. 나는 결국 참지 못하고 버럭 소리를 질렀다.

"왜 계속 낑낑대는 거야?"

펠릭스가 움찔했다. 알료샤의 등에서 눈을 떼지 못하던 라파엘도 돌아보았다.

"이 병신이 또 라우라 생각하는 거지 뭐."

그가 어깨를 건들거리며 말했다. 나는 라파엘을 가만히 살폈다. 라파엘은 벌써 알료샤의 일을 잊은 듯했다. 나도 모르게 안도의 한숨을 내쉬었다. 크리스티안이 휠체어를 흔들었다.

"병신 주제에. 네가 여자랑 섹스나 할 수 있어? 주제 파악 좀 해."

결국 우리는 행동에 들어갔다. 펠릭스가 또 돈을 가져오지 않았기 때문에 호된 벌을 주려는 것이었다. 이번에는 브리타도 동참했다. 우리는 브리타를 번쩍 들어 펠릭스의 무릎에 앉혔다. 브리타가 그의 몸을 더듬었고 그의 차가운 손을 자기 가슴에 갖다 대었으며 얼굴을 당겨 자기에게 입을 맞추게 하였다. 그런 다음 우리는 펠릭스를 휠체어에서 들어올려 진흙탕에 던져 버렸다. 길가에 넘어진 휠체어의 바퀴가 혼자 빙빙 돌았다.

———

우울하고 따분한 하루하루가 이어졌다. 나는 아무 의욕도 없이 길거리를 방황했고 아무나 붙들고 속이 후련해질 때까지 실컷 패주고 싶었다. 하지만 겉으로는 아주 조용하고 태연한 척했다. 학교에선 신나 보이더라는 레안더의 말이 맞았다.

그랬다. 남들의 눈에 나는 슬프지도, 불안하지도, 약해 보이지도 않았다. 나는 잔인하고 심술궂고 차가운 아이였다. 내 감정을 마음먹은 대로 조종할 수 있다는 기분이 썩 나쁘지는 않았다. 나는 잘난 척했고 억지로 웃으려 애썼다.

그 무렵 나는 라파엘, 크리스티안과 자주 술을 마셨다. 알료샤가 갑작스럽게 학교를 떠난 후 다들 마음이 심란해진 것 같았다. 펠릭스는 일주일 동안 학교에 나오지 않았다. 프란츠는 혼자 있을 땐 될 수 있는 대로 우리랑 부딪치지 않으려고 애를 썼다.

우리는 술을 마셨고 하급생들을 괴롭혔다. 전기 충격기는 알료샤와 함께 사라졌다. 가끔씩 알료샤가 그걸 오스트리아로 가져갔을까 궁금하긴 했다. 거기까지 가지고 가서 바이올린 악보 사이에 소중히 보관해 두었을까?

나는 칼을 하나 장만했다. 그 칼을 애들 목에 대고 협박하면 다들 얼른 돈을 내놓았다. 물론 진짜 사람을 해칠 생각은 추호도 없었다. 칼날의 차가운 촉감이 목에 닿기만 해도 다들 소스라치게 놀랐으니까.

"아무에게도 말하지 마. 알았지?"

칼을 목에 대고 그렇게 속삭이면 모든 것이 내 뜻대로 술술 풀렸다. 이런 장난이 재미있었다. 이렇게 간단하게 즐길 수 있고, 이렇게 간단하게 권력을 손에 넣을 수 있다니!

금요일이었다. 펠릭스는 월요일부터 학교에 오지 않았다. 그날 작은 사고가 발생했다. 그날도 나는 두 명의 하급생에게 돈을 뺏기 위해 칼을 겨누었다. 그런데 손이 미끄러지면서 칼이 한 아이의 귀 뒤를 살짝 찔렀고 그 바람에 살에서 피가 흘렀다.

"엇, 이게 뭐야."

아이의 비명 소리에 나는 깜짝 놀랐다. 두 놈이 목청 높여 비명을 질러 댔다.

"입 닥쳐."

내가 소리쳤다.

"엄마한테 이를 거야. 다 말할 거야."

피가 나지 않는 놈이 말했다. 정작 피를 흘리는 놈은 아무 말도 못하고 서서 손으로 불안스레 자기 목을 만졌다.

"말하면 죽어."

내가 으르렁거렸다.

"말할 거야."

놈이 갑자기 용감해져서 대들었다. 분노와 흥분으로 온몸을 떨었다.

"말하면 내 손에 죽을 줄 알아."

나는 그 말을 던지고 천천히 걸음을 옮겨 그곳을 떠났다.

그 주 내내 아무하고도 상대하지 않았다. 방에 틀어박혀 창문만 바라보았다. 아래층에서 아기가 울었다. 엄마는 무슨 일인지 콘라트 아저씨와 말다툼을 했다. 나는 귀를 틀어막았다. 귀와 더불어 생각도, 감정도 틀어막았다. 엄마는 통 내 방에 올라오지 않았다. 나랑 같이 있는 자리를 일부러 피했다. 콘라트 아저씨는 그 영화를 본 후 나를 괴물 취급했다. 어쨌든 아저씨도 나랑 마주치지 않으려고 애를 썼다.

외할머니는 돌아가셨다.

외할아버지는 먼 곳에서 아마 나를 잊으셨을 것이다.

알료샤는 빈에 가서 바이올린을 켜며 행복할 것이다.

레안더에게는 다시 여자친구가 생겼다. 우리 반의 아일린이었다.

크누트에게도 갑자기 여자친구가 생겼다. 9학년 2반의 여자아이였다.

크리스티안은 닥치는 대로 살았다. 어긋난 자신의 인생에 대해서도 별생각이 없었다. 어차피 그는 자기 삶에 아주 만족했다.

라파엘과 나만 남았다.

왜 내 인생은 내 뜻대로 되지 않는 것일까? 얼마 전 내 칼에 베였던 아이를 생각했다. 피가 정말 많이 났었는데…….

그 주말은 기분이 최악이었다.

———

월요일 아침 다시 베히슈타인 씨가 학교에 나타났다. 펠릭스도 같이 왔다. 펠릭스는 창백한 얼굴에 단호한 표정을 짓고서 휠체어를 타고 교실로 들어와 자기 자리로 갔다. 내 옆을 지날 때 나는 그에게 경고의 눈길을 보냈다. 펠릭스가 시선을 떨구었다. 펠릭스가 여전히 겁먹고 있는 것 같아서 안도의 한숨을 쉬었다. 수업 종이 울리자 베히슈타인 씨가 칠판 앞으로 가서 분필을 집어 들었다. 잠시 우리를 빤히 쳐다보더니 그가 칠판에 글자를 적었다.

"뭔 개수작이야?"

라파엘이 눈을 흘기며 투덜거렸다.

"이 글자 읽어 볼 사람?"

베히슈타인 씨가 라파엘을 무시하고 우리를 향해 말했다.

"유치원생 수업해?"

라파엘이 다시 투덜거렸다.

"아일린이 해 볼래?"

"폭력."

아일린이 읽었다.

"그래. 맞다."

베히슈타인 씨가 말했다.

"네, 100점이네요. 아일린 양."

라파엘이 속삭였다.

"이 말을 들으면 뭐가 떠오르니?"

베히슈타인 씨가 물었다.

"전쟁이요."

레안더가 말했다.

"고문."

라우라가 말했다.

"인종차별."

크누트가 말했다.

"파시즘."

펠릭스가 말했다. 베히슈타인 씨는 아이들이 말한 단어를 적고 또 적었다. 마음이 불안했다. 라파엘은 오늘도 천하태평이었다. 아이들이 계속해서 떠오르는 단어를 이야기했다.

"여기에도 폭력이 있을까?"

한참을 적기만 하던 베히슈타인 씨가 다시 물었다.

"네."

크누트가 대답했다.

"우리 학교에도 있어요."

"우리 반에도 있어요."

라우라가 대답했다.

"그래."

베히슈타인 씨가 말했다. 모두가 그를 쳐다보았다.

"또 할 말 있는 사람?"

프란츠의 손가락들이 피아노를 연주했다.

펠릭스는 책상만 쳐다보았다.

레안더가 나를 보았다.

크누트가 뭐라고 중얼거렸다.

라파엘은 호두 두 개를 손에 쥐고 달가닥거렸다.

나는 열이 올랐다 오한이 들었다를 반복했다. 스웨터가 등에 달라붙었다. 하지만 나는 정신을 바짝 차리고 숨을 깊게 들이쉬었다. 그리고 다리를 앞으로 쭉 뻗고는 라파엘을 향해 씩 웃었다. 아이들이 이런저런 이야기를 하는 내내 아주 쿨하고 느긋한 표정을 지어 보였다. 내가 이긴 것 같은 기분이었다. 이 어리석은 세상을 내가 무찔렀다는 생각이 들었다.

프란츠는 입을 열지 않았다. 펠릭스도 아무 말 하지 않았다. 다른 애들이야 죽을 때까지 떠들거나 말거나 상관없었다. 나는 그 무엇도, 그 누구도 두렵지 않았다.

다음 날 베히슈타인 씨가 내게 말을 걸었다. 나는 그에게 대꾸도 하지 않고 라파엘과 학교 뒤 숲으로 들어갔다. 크리스티안이 벌써 와 있었다. 우리는 그가 가져온 칵테일을 마셨다. 화요일에는 담임 선생님과 부딪치기까지 했다.

"너 술 마셨니?"

쉬는 시간이 끝나고 내 자리로 돌아가는 중에 선생님 책상 앞을 지나쳤는데, 술냄새를 풍긴 모양이었다.

"아뇨."

나는 오히려 더 화를 냈다.

"마신 것 같은데."

담임 선생님이 말했다.

"편하신 대로 생각하세요."

나는 무뚝뚝하게 대답하고 의자에 털썩 앉았다.

"취했어? 아무래도 어머니께 학교에 한번 오시라고 해야겠구나."

담임 선생님이 나를 이상한 눈으로 쳐다보며 말했다.

"맘대로 하세요."

나는 눈을 감아 버렸다.

"새미, 안 그래도 너에 관해 좋지 않은 이야기들이 계속 들려오는데……."

"증명 못하실 걸요. 겁 안 나요."

내가 중얼거렸다. 몽롱한 정신으로 레안더를 쳐다보았다. 레안더는 이제 아일린과 나란히 앉아 있었다. 그 애가 내 친구였던 적이 언제였나? 수백 년은 흐른 것 같았다. 학교가 끝나고 나는 라파엘과 크리스티안을 억지로 끌고 가서 옛날 체육관 옆 오솔길에 몸을 숨겼다. 그때 내 기분이 어땠는지는 말로 설명할 수가 없다. 온 세상이 텅 빈 기분이었다. 화가 나고 외롭고 권력에 굶주린 기분, 음탕하고 절망적이며 술에 취한 기분. 잠시 후 5학년 여자아이 하나가 나타났다. 나는 잽싸게 달려가 거칠게 그녀의 팔을 잡았다.

"이리 와. 이리 오라니까!"

나는 그녀의 어깨를 감싸 안으며 윽박질렀다. 팽팽히 긴장해 있는 내 몸을 음탕한 욕망이 훑고 지나갔다. 갑자기 내 이름을 부르는 소리가 들렸다. 흠칫 놀라 돌아보니 레안더였다. 레안더가 여긴 왜 왔지? 그냥 지나가는 길이었나? 나는 여자아이를 더 세게 내 쪽으로 잡아당겼다. 아니, 레안더는 그냥 지나가는 길이 아니었다. 그의 뒤로 크누트가 나타났다. 레안더와 크누트, 라우라, 아일린, 펠릭스, 그리고 프란츠까지. 나는 여자아이를 놨다. 내가 헛것을 본 걸까? 내가 드디어 미쳤나? 라우라가 펠릭스의 휠체어 옆에 딱 붙어서 있다니. 그것도 모자라 허리를 굽히더니 자기 이마를 펠릭스의 이마에 살짝 갖다 댔다.

숨이 턱 막혔다.

하지만 더 이상 생각할 수가 없었다. 크누트가 내 멱살을 잡더니 휙 내동댕이쳤기 때문이다. 나는 숨을 헐떡이며 저 멀리 나가떨어졌다.

"나쁜 놈."

크누트가 씩씩거리며 나를 때리고 또 때렸다. 아주 서서히 눈앞이 까매졌다. 처음에는 밝은 회색이었다가 어두운 회색이 되고, 잉크처럼 까만 어둠이 눈앞을 가렸다. 입에서는 비릿하게 피 맛이 났다. 다시 얼굴로 환히 빛이 비쳤다. 크누트가 내 위에 올라타 주먹으로 나를 계속 팼다. 나는 바닥에 너부러졌고 아무 감각도 느낄 수 없었다. 레안더와 같이 수영장에 가서 카를로타를 만났던 날이 생각났다. 절로 미소가 떠올랐다. 나는 얼마나 카를로타를 좋아했던지, 얼마나 레안더를 좋아했던지……. 갑자기 그때의 혼란스러운 감정이 떠올라 기분이 좋아졌다.

눈이 부셨다. 내게서 크누트를 떼어 내는 레안더의 모습이 눈에 들어왔다. 레안더 뒤에서 갑자기 베히슈타인 씨가 나타났다. 저 염탐꾼. 그를 비롯하여 모두가 나를 쳐다보았다. 조심스레 고개를 돌렸다. 관자놀이에 둔한 통증이 느껴졌다.

"그만 하면 됐다."

베히슈타인 씨가 말했다. 허리를 일으키려고 했더니 온몸이 쑤셨다. 온몸의 뼈란 뼈, 근육이란 근육이 모조리 다 아팠다. 그래서 그냥 그 자리에 가만히 누워 있었다. 크누트가 울부짖었다. 왜 저러는 걸까? 레안더가 하얗게 질린 얼굴로 멀리서 나를 쳐다보았다. 그 애가 머뭇거리고 있다는 걸 알 수 있었다. 오만 가지 일들이 동시에 떠오르는 모양이었다. 레안더가 프란츠를 쳐다보는 모습도 보였다.

갑자기 머리가 어지러웠고 내 몸이 깊고 어두운 구멍으로 빨려들어가는 느낌이 들었다. 주변이 뜨겁게 끓어올랐다. 나도 모르게 상체를 벌떡 일으켰다.

"토하는데."

저 멀리서 걱정하는 목소리가 들렸다. 우습게도 펠릭스의 목소리처럼 들렸다. 구급차 소리가 들렸다. 경찰차까지 출동한 모양이었다. 나는 풀밭에 누워 잠이 들었다. 평소처럼 불 꿈을 꾸었다. 이번에는 내 몸이 탔다. 재미난 연극이었다. 나는 긴장한 채 그 모습을 구경했다. 불꽃이 너무나 뜨거워 죽을 것만 같았다.

———

정신을 차려 보니 병원이었다. 엄마가 옆에 앉아 말없이 나를 바라보고 있었다. 울었는지 두 눈이 빨갰다. 콘라트 아저씨도 와 있었다. 병실 구석에 서서 우는 아기를 달래고 있었다. 온몸이 떨렸다. 다시 속이 울렁거렸다. 토하면서 보니 누군가 창가에 기대서서 머뭇거리며 나를 보고 있었다. 레안더였다.

"레안더……."

내가 더듬더듬 그의 이름을 불렀다. 기운이 없어 고개가 절로 베개로 떨어졌다. 레안더는 여전히 말없이 나를 쳐다보았다.

"레안더, 이게 무슨 일이야?"

"뇌진탕이래."

레안더 대신 엄마가 대답했다. 콘라트 아저씨가 가까이 다가왔다.

"뇌진탕이 다가 아니지. 고소장이 최소 네 건이나 접수됐다니. 경찰한테 다 들었다. 조용히 넘어가지는 못할 것 같더라……."

나는 레안더를 쳐다봤다. 그의 뒤편 창으로 환한 빛이 쏟아져 들어왔다. 눈부시고 머리가 아팠다. 양쪽 눈이 욱씬거렸다. 레안더가 커튼을 쳤다.

"고마워."

내가 가만히 말했다.

"괜찮아?"

레안더가 마침내 입을 열었다. 나는 어깨를 으쓱해 보였다.

"다 알아. 프란츠가 전부 이야기해 줬어. 펠릭스도 라우라한테 털어놨고, 다른 애들도……."

나는 눈을 감았다.

"내가 왜 이러는지 모르겠어. 머릿속이 뒤죽박죽이야."

나는 조용히 웅얼거렸다. 레안더가 천천히 다가와 침대 머리맡에 섰다. 진지한 표정, 조금 거리를 둔 표정이 그 애 얼굴에 떠올랐다.

"조금 이따 크누트도 올 거야."

그가 말했다. 나는 또 어깨를 으쓱했다. 우리는 다시 입을 다물었다.

"레안더?"

잠시 후 내가 다시 그를 불렀다.

"응?"

"내가 다시 옛날로 돌아갈 수 있을까?"

"나도 모르겠어. 너무 많은 것을 엉망으로 만들어 놨으니."

"난 알아."

내가 나직이 말했다.

"기나긴 길이 될 거야."

레안더가 말했다. 그리고 손을 뻗어 내 손을 잡았다.

폭력의 민낯이 보여 주는 것

우리나라에 사촌이 땅을 사면 배가 아프다는 속담이 있다. 독일에도 남의 불행을 고소해하고 즐거워한다는 뜻의 '샤덴프로이데schadenfreude'라는 말이 있다. 그런 것을 보면 인간은 남의 고통을 즐기는 마음을 타고나는 것 같기도 하다. 하지만 문화마다, 나라마다 남을 해하려는 그런 마음이 일정 수준을 넘지 못하도록 억누르는 관습과 법이 있다. 그 이유는 인간이 사회적 동물, 즉 다른 이들과 함께 어울리며 살 수밖에 없는 사회적 존재이기 때문이다.

인간은 덩치가 큰 것도 아니고, 뿔이나 사나운 이빨 같은 무기가 있는 것도 아니다. 그러니 아주 오래전, 혼자 돌아다니는 인간은 분명 짐승의 손쉬운 먹잇감이었을 것이다. 오직 무리를 지어 서로 의지하고 머리를 맞대고 함께 의논했기 때문에 그 길고 험한 진화의 고갯길을 넘어 온 것이다. 이제 세상은 변했고 사람을 잡아먹던 짐승들은 동물원에 갇힌 신세가 되었지만, 삶의 원리는 변함이 없다.

혼자 독불장군처럼 행복할 수 있는 사람은 없다. 남을 괴롭히면서, 남을 희생시켜 얻은 즐거움은 오래가지 못한다. 씁쓸한 뒷맛과 개운치 않은 피로를 남길 뿐이다.

어느 날부턴가 왕따니 학교 폭력이니 하는 말들이 사람들 입에 오르내리기 시작하더니 하루가 멀다 하고 뉴스에 등장하는 단골 메뉴로 자리 잡았다. 철이 없어 저지른 짓이라고 해명하기엔 지나친 사건들도 제법 많다. 고통을 견디다 못해 스스로 목숨을 끊는 안타까운 사례로 적지 않다. 날로 각박해지는 세상이, 경쟁을 부추기는 세태가 우리 아이들을 공감할 줄 모르는 괴물로 만드는 듯하여 가슴이 아프고 한편으로는 무거운 책임감도 느낀다.

소설 한 권이 세상을 바꿀 수야 없겠지만 폭력의 민낯이 얼마나 못생기고 흉측한지 보여 줄 수는 있을 것이다. 자신보다 허약하고 가난한 친구를 괴롭히는 장면에 이르면 누구나 마치 내가 괴롭힘을 당하는 듯 살이 떨리고 심장이 두근거릴 테니 말이다. 프란츠의 참담한 심정과 펠릭스의 답답한 마음을 고스란히 느끼면서, 혹은 아무리 주먹을 휘둘러도 결국 행복해지지 못하는 새미의 입장이 되어 보기도 하면서 다들 '아, 저건 제대로 사는 게 아니야'라고 깨닫게 될 테니 말이다.

그렇다. 소설 한 권이 인생의 진리를 남김없이 가르칠 수는 없을 것이다. 하지만 함께 사는 것이, 남을 일으켜 주고 잡아 주며 살아

가는 것이 결국 나에게도 행복이란 것을 짐작하게 할 수는 있을 것이다. 참담한 모습으로 돌아온 친구에게 손을 내미는 레안더처럼 우리는 책을 덮으며 어느 결에 주변을 돌아보는 자신을 발견하게 될지도 모르겠다.

이 소설이 그런 소설이 될 수 있으면 좋겠다.

2015년 9월
장혜경

아무에게도 말하지 마!

초판 1쇄 발행 2015년 9월 21일

지은이 야나 프라이
옮긴이 장혜경
펴낸이 박선경

기획/편집 • 이지혜
마케팅 • 박언경
표지 디자인 • 이든 디자인
표지 일러스트 • 이호석
본문 디자인 • 김남정
제작 • 디자인원(031-941-0991)

펴낸곳 • 도서출판 갈매나무
출판등록 • 2006년 7월 27일 제395-2006-000092호
주소 • 경기도 고양시 덕양구 화정로 65 2115호
전화 • (031)967-5596
팩스 • (031)967-5597
블로그 • blog.naver.com/kevinmanse
페이스북 • www.facebook.com/galmaenamu
이메일 • kevinmanse@naver.com

ISBN 978-89-93635-62-1/43850
값 11,000원

• 잘못된 책은 구입하신 서점에서 바꾸어드립니다.
• 본서의 반품 기한은 2020년 9월 30일까지입니다.

이 도서의 국립중앙도서관 출판예정도서목록(CIP)은 서지정보유통지원시스템 홈페이지(http://seoji.nl.go.kr)와 국가자료공동목록시스템(http://www.nl.go.kr/kolisnet)에서 이용하실 수 있습니다.(CIP제어번호: CIP2015023720)